W. F. Smith

Guide to Havana, Mexico and New York

W. F. Smith

Guide to Havana, Mexico and New York

ISBN/EAN: 9783337381448

Printed in Europe, USA, Canada, Australia, Japan

Cover: Foto ©Andreas Hilbeck / pixelio.de

More available books at **www.hansebooks.com**

GUIDE TO
Havana, Mexico ᴬᴺᴰ New York

A description of the principal Cities of the Island of Cuba
and of Mexico, together with information of all
kinds which will prove of interest and
value to travellers.

ALSO

GUIA DE-
Nueva York y los Estados Unidos.

Conteniendo un plano descriptivo de la Ciudad de Nueva
York y otras Ciudades prominentes del Norte
con una Guía general para Viajeros.

COPYRIGHT 1885. ALL RIGHTS RESERVED.

'BY

W. F. SMITH & CO.

1885.
W. F. SMITH & CO., PUBLISH'D
31 & 33 BROADWAY,
NEW YORK.

PARA LA

Habana, Nueva York y Europa.

ECONOMIA Y COMODIDAD,

LINEA de VAPORES de ALEXANDRE.

Los vapores salen de Vera Cruz casi todos los Jueves, haciendo el viaje de Vera Cruz á Nueva York en 10 dias incluyendo todas detenciones, generalmente un dia en Progreso y 2 ó 3 dias en la Habana, siendo el viaje como un viaje de placer en lugar del fastidioso viaje de mar, á las personas que piensan hacer un viaje á Europa, creemos encontraran ventajose ir via Nueva York. Los vapores salen de Nueva York casi cado los dia para puertos Europeos.

INDEX.

(Continued on page 3.)

"HOTEL WESTMINSTER,"

CIUDAD DE NUEVA YORK,

Irving Place y Calle 16 cerca Union Square.

Por la posicion en que se halla situado "El Westminster" merece que todo extrangero que visite la Ciudad le haga una visita. Estando situado cerca de todos los grandes Almacenes de venta de por menor, lugares de entretenimientos y de los Parques "Gramercy," "Rutherford" y "Union Square."

El "Westminster" es perfecto en su establecimiento, amueblado con elegancia, tiene escaleras de marmol, elevadores, etc., y es enteramente á prueba de fuego.

El servicio del Hotel es Español, Frances é Ingles.

W. G. SCHENCK, Proprietario.

INDEX – CONTINUED.

INDICE.

STEPHEN A. COOPER.   J. JARVIS.

COOPER & JARVIS,

TAILORS & IMPORTERS

N°47 BROADWAY.

NEW YORK.

LINEA INMAN.

ESTABLECIDA EN 1850.

Vapores Correos de los Estados Unidos y la Gran Bretaña.

CIUDAD DE CHICAGO,	-	-	6,000 TONELADAS.
CIUDAD DE BERLIN,	5,491 TONELADAS.	CIUDAD DE CHESTER,	4,770 TONELADAS.
CIUDAD DE RICHMOND, 4,780	"	CIUDAD DE MONTREAL, 4,495	"

Dándose á la vela entre

NUEVA YORK y LIVERPOOL,

TODOS LOS JUEVES O SABADOS

DEL MUELLE, 36, (NEW NUMBER) RIO HUDSON.

Los Vapores de esta linea, construidos en compartamientos herméticos ; son de los más fuertes, mas grandes y mas ligeros del Atlántico.

Los Salones estan amueblados lujosamente, con sillas giratorias, bien alumbrados y ocupan todo el ancho del barco.

Los Camarotes Principales se hallan en medio del barco, mas á proa que las máquinas, donde se siente menos ruido y movimiento; llenos de comódidades, con literas dobles, timbres eléctricos y todos los adelantos modernos.

Las Literas de Patente Brunswick de Nivelacion Automática se usan en estos vapores.

Se Hallarán a Bordo Cámaras y cuartos de baño para señoras, salones de fumar y cuartos de baño para caballeros, barberias, pianos, bibliotecas, etc., etc.

El Servicio de Comida es á la carte.

PRECIOS DE PASAJE.

CÁMARA.

De Queenstown á Liverpool, $60, $80 y $100.

INTERMEDIO.

A Liverpool ó Queenstown, $35.

PROA.

Tan reducido como por cualquiera linea de primera clase.

Para mas informes dirigirse á

INMAN STEAMSHIP CO., LIMITED,

No. 1 BROADWAY, NEW YORK.

INDICE—Continua.

B. Danby Darhe,

Tailor and Importer,

48 Broadway, New York.

Formerly with Henry Poole & c., London.

World Travel Company,

Incorporated 1884,

IN SUCCESSION TO THE AMERICAN
Railway, Steamship and Tourist Business

—OF—

LEVE & ALDEN,

—AND THE—

AMERICAN EXCHANGE TRAVELERS' BUREAU.

CAPITAL, · · $250.000.

GENERAL OFFICES: 207 BROADWAY, NEW YORK.

With Branch Offices and Agencies in all Principal Cities of America, Europe and the East.

Established for the promotion of PLEASURE TRAVEL to all lands, and for the convenience of those traveling for BUSINESS purposes in America as well as in foreign countries, *The only American institution of the kind in existence. Reliable information cheerfully imparted in person or by mail to all persons contemplating to travel in this country or other parts of the world.*

EUROPEAN TRAVEL.

General Agency for all Lines of Transatlantic Steamers,

Exceptional facilities for securing good BERTHS and STATEROOMS at sh rt notice, on any steamer sailing from New York, Boston, Philadelphia, Baltimore, Portland and Quebec. *No charge made for this service.*

INDEPENDENT TICKETS

Issued to individual travelers for single or return journeys to all parts of Ireland. Scotland, England, Holland, Belgium, the Rhine District, Northern and Southern Germany, Austria, the Tyrol, Switzerland, Italy, Spain. Portugal, Algiers, France, the Orient, etc.

ESCORTED PARTIES.

Excursion parties are continually being organized to travel abroad and visit, *at the proper seasons,* the principal cities of Great Britain, Holland, Belgium, Germany, Austria, Italy, Egypt, Palestine, Turkey, Greece, Spain, Portugal, Sweden, Norway, Switzerland, France, etc., etc.

The fares charged for membership in these parties include first-class transportation by steamer and rail, hotel bills, and all necessary traveling expenses, as well as the services of an experienced representative (conversant with the languages and customs of the various countries visited) who accompanies the parties over the entire route, acting as interpreter and manager, and relieving the members thereof of all care and anxiety.

Programme containing full information for Excursion Parties, Season 1885, sent by mail on application.

PRIVATE AND FAMILY PARTIES.

ITINERARIES for long or short tours in foreign lands prepared, arrangements perfected and estimates of cost—including all expenses of travel, hotels and incidentals—given [on application. Arrangements for Foreign Travel under the joint management of the above and

Messrs. HENRY GAZE & SON, Managers of Tours and Excursions,

(Established 1844,)

142 STRAND, W. C., LONDON.

AMERICAN TRAVEL.

The system of Tours in WINTER RESORTS, for which Single, Excursion, and Tourist Tickets are issued, comprise all noted places in Georgia, Florida, Louisiana, California Mexico, the Tropics, Cuba, Nassau, N. P., the West India Islands, Bermuda, Windward Islands, and South America.

Single Excursion and Tourist Tickets are also issued to all SUMMER RESORTS in the UNITED STATES and CANADA, including the Hudson River, the Catskill Mountains, Saratoga, Adirondacks, Lakes George and Champlain, the White Mountains, Mt. Desert, Rangeley Lakes, Moosehead Lakes, Niagara Falls, the Thousand Islands, St. Lawrence River, Montreal, Quebec, the Saguenay River, the Great Lakes, Rocky Mountains, Colorado, New Mexico, Yosemite Valley, California, the Yellowstone National Park, etc., etc.

The "*World Travel Gazette,*" a magazine devoted to the interests of travelers in all lands, containing full and complete information of the Company's facilities, and illustrated with Maps, is published monthly. Copies on application. Address

WORLD TRAVEL COMPANY,

207 Broadway, New York.

C. A. BARATTONI, Manager.

A TRIP TO

CUBA AND MEXICO.

To the tourist and to those who desire to avoid the inclement
weather of our Northern Latitudes, our island neighbor, Cuba, and
our southern sister, the Republic of Mexico, extend open arms. The
sea trip being, with the exception of one day, altogether through the
warm Gulf Stream and warmer Gulf of Mexico, possesses more cur-
ative powers, especially for those who have been the victims of pneu-
monia and its kindred, than tons of drugs.

Life, in these near neighbors, is an entirely different one from ours;
their industries are such as we cannot study in our homes ; the cities
are in every respect unlike what we are used to, in fact to all who,
through curiosity or ennui, are desirous of seeing what is *new*, Cuba
and Mexico appeal irresistably.

To those who intend travelling through these countries this book
is addressed.

We do not propose to give a full description or history of these
countries, but only to indicate what is to be seen and to give such information as will enable our readers to reach points of interest most
easily and most economically.

We shall also attempt to collect all information which we think
will prove serviceable to our readers, and refer them to the index for
guidance as to its whereabouts.

REQUISITES FOR THE VOYAGE.

The first and most important requisite is a passport, and we
print elsewhere in these pages a circular issued by the Department of
State at Washington, giving instructions as to the method of obtain-
ing the same.

The passenger to Cuba should have his passport signed by the

THOMAS COOK & SON,

261 Broadway, New York;   Ludgate Circus, London.

ORIGINATORS AND FOUNDERS OF THE

Tourist and Excursion System,

(ESTABLISHED IN 1841.)

Beg to call the attention of persons contemplating

A TRIP ABROAD

To their unequaled facilities for rendering such trips

EASY, PRACTICABLE AND ECONOMICAL.

COOK'S EXCURSION PARTIES,

In charge of a competent conductor, sails from New York in
APRIL, MAY, JUNE and JULY.

TOURISTS TICKETS FOR INDIVIDUAL TRAVELERS

To all parts of the globe, issued in many cases at

REDUCED RATES.

Passage Tickets by all Lines of Atlantic Steamers.

RAILWAY AND STEAMSHIP TICKETS ISSUED

To all parts of the United States, Canada, Mexico, the West
Indies, and all parts of the Globe.

CIRCULAR TOURIST TICKETS,

Embracing all points of interest by THE BEST ROUTES FOR PLEASURE
TRAVEL. Programme free on application.

COOK'S EXCURSIONIST, with Maps and full particulars, by
mail, 10 cents. Address

THOMAS COOK & SON, 261 Broadway, New York.

IMPORTANTE A LOS VIAGEROS ESPAÑOLES.

THOS. COOK & SON expiden boletos para viajes redondos á todos
los lugares de interes en los Estados Unidos, Canada, México, Europa
y á otras partes del Globo.

Spanish Consul at 29 Nassau Street, N. Y., at an expense of $4. Those who intend continuing their trip to Mexico upon the same steamer do not, however, need to observe this last formality.

Then comes the very necessary formality of securing passage and staterooms. Here again we beg to refer you to our index for information concerning routes and prices.

For this trip we would advise that, in addition to the ordinary trunks which travellers take with them, the intending tourist should provide himself with a large gripsack or flat stateroom trunk in which should be packed, beside the ordinary necessaries of travel, a complete suit of summer clothing and summer underwear. A light top coat will also prove welcome during the evenings upon the ocean.

Pack your trunks with summer clothing only. You will commence to use the supply in your gripsack before you are two days out from New York, and the garments which you wear upon leaving New York will prove ample for those rare occasions upon which heavier than light summer wear will be needful.

A letter of credit is the most convenient form in which to carry your needed funds. American money, and especially American gold, is easily exchanged for the currency of Cuba and Mexico, and is accepted at all the principal hotels.

Letters of introduction are always desirable and should be procured if possible. The Spanish race, as a rule, are hospitable and kind-hearted. They will always receive you with open arms when you are introduced by mutual friends.

A steamer chair and travelling rug are very comfortable possessions upon a voyage through these summer seas.

Send your baggage properly labeled (labels are provided by the Agents) to the steamer on the morning of sailing day.

Be on board yourself about half an hour before the advertised hour of sailing. That will give you ample time to find your stateroom and belongings and to say the last good-byes.

With just a hint to be on the lookout for the last glimpse of your mother country on the third day out, when the low white Florida coast comes into view and with a caution against placing any credence in the estimate in the ship's run which you get by casually asking " about how many miles have we made to-day?" of one of the officers, previous to the daily guessing pool on that subject, we will say " au revoir," not, " good-bye," for we shall meet you again soon, prepared to give information which will make your pleasuring more easy in the harbor of Havana.

CIRCULAR

OF THE

DEPARTMENT OF STATE, U. S. A.,

CONCERNING PASSPORTS.

WASHINGTON, *June* 1, 1882.

Citizens of the United States, visiting foreign countries, are liable to serious inconvenience if unprovided with authentic proof of their national character. The best safeguard is a passport from this Department, certifying the bearer to be a citizen of the United States. Passports are issued only to citizens of the United States, upon application supported by proof of citizenship.

Citizenship is acquired by nativity, by naturalization, and by annexation of territory. An alien woman, who marries a citizen of the United States, thereby becomes a citizen. Minor children, resident in the United States, become citizens by the naturalization of their father.

When the applicant is a native citizen of the United States he must transmit his own affidavit of this fact, stating his age and place of birth, with the affidavit of one other citizen of the United States to whom he is personally known, stating that the declaration made by the applicant is true. These affidavits must be attested by a Notary Public, under his signature and seal of office. When there is no Notary in the place, the affidavits may be made before a Justice of the Peace or other officer authorized to administer oaths ; but if he has no seal, his official act must be authenticated by certificate of a court of record.

A person born abroad, who claims that his father was a native citizen of the United States, must state in his affidavit that his father was born in the United States, has resided therein, and was a citizen of the same at the time of the applicant's birth. This affidavit must be supported by that of one other citizen acquainted with the facts.

If the applicant be a naturalized citizen, his certificate of naturalization must be transmitted for inspection (it will be returned with the passport), and he must state in his affidavit that he is the identical person described in the certificate presented.

Passports cannot be issued to aliens who have only declared their intention to become citizens.

Military service does not of itself confer citizenship. A person of alien birth, who has been honorably discharged from military service in the United States, but who has not been naturalized, should not transmit his discharge paper in application for a passport, but should apply to the proper court for admission to citizenship, and transmit a certified copy of the record of such admission.

In issuing passports to naturalized citizens, the Department will be guided by naturalization certificate ; and the signature to the application and oath of allegiance should conform in orthography to the applicant's name as written in the naturalization paper.

The wife or widow of a naturalized citizen must transmit the naturalization certificate of the husband, stating in her affidavit that she is the wife or widow of the person described therein.

The children of a naturalized citizen, claiming citizenship through the father, must transmit the certificate of naturalization of the father, stating in their affidavits that they are children of the person described therein, and were minors at the time of such naturalization.

The oath of allegiance to the United States will be required in all cases.

The application should be accompanied by a description of the person, stating the following particulars, viz. :

Age :   years.   Stature :   feet,   inches (English measure.)
Forehead :   Eyes :   Nose :   Mouth :
Chin :   Hair :   Complexion :   Face :

If the applicant is to be accompanied by his wife, minor children, or servants, it will be sufficient to state the names and ages of such persons and their relationship to the applicant, when a single passport for the whole will suffice. For any other person in the party a separate passport will be required. A woman's passport may include her minor children and servants.

By act of Congress approved June 20, 1874, a fee of five dollars is required to be collected for every citizen's passport. That amount should accompany each application. Postal money orders and bank checks should be payable to the Disbursing Clerk of the Department of State. Checks to be available for the full amount must be drawn on banks at principal business centres. Individual checks must be certified by the banks upon which they are drawn.

A passport is good for two years from its date and no longer. A new one may be obtained by stating the date and number of the old one, paying the fee of five dollars, and furnishing satisfactory evidence that the applicant is at the time within the United States. The oath of allegiance must also be transmitted when the former passport was issued prior to 1861.

Citizens of the United States desiring to obtain passports while in a foreign country must apply to the chief diplomatic representative of the United States in that country, or, in the absence of a diplomatic representative, then to the Consul General, if there be one, or, in the absence of both the officers last named, to a Consul.

Passports cannot be lawfully issued by State authorities, or by Judicial or Municipal functionaries of the United States. (Revised Statutes, section 4075.)

To persons wishing to obtain passports for themselves, blank forms of application will be furnished by this Department on request, stating whether the applicant be a native or a naturalized citizen. Forms are not furnished, except as samples, to those who make a business of procuring passports.

Communications should be addressed to the Department of

State, indorsed " Passport Division," and each communication should give the Post Office address of the person to whom the answer is to be directed.

Professional titles will not be inserted in passports.

HAVANA.

In Havana the steamers land their passengers and cargo without going to any dock, the wharf facilities being very meagre.

The ship, immediately upon arrival, is surrounded by boats whose owners clamor for the privilege of taking you ashore—for a consideration. We wish here to call the attention of our readers to the fact that in these pages we will give information as to boat, cab, railroad and other charges, as well as Customs regulations, consulates, points of interest and other information of use to the traveler, and refer him to our index in which such information will be classified and its whereabouts indicated.

The Custom House and Health authorities having performed their several duties, the occupants of the small boats are permitted to pay their respects to the passengers. Most of these people represent hotels.

If you intend continuing your voyage to Mexico on the same steamer, take ashore with you only a gripsack, which you can entrust to the hotel representative whom you propose to accompany. If you intend remaining in Cuba for some time, entrust the care of your baggage and its superintendence during Custom House inspection to the hotel agent. These men are accustomed to this work, and a small fee to them is a good investment.

Tourists who continue their trip to Mexico on the same steamer need not trouble about these details. They are entitled to board and lodging on board the steamer without additional charge. Communication between the ship and shore is always easy, as the harbor swarms with small boats.

Having completed your arrangements with the hotel agent and entrusted your baggage to his care, you entrust yourself to the care of one of the diminutive craft alongside.

In one of these small but safe boats you reach the Custom House wharf, upon leaving which, after having passed the official examination, you are free to make acquaintance with life in the tropics.

Here let us give a little seasonable advice. Follow the example of the Cubans. *Do not hurry.* The rapid motion so natural in our northern latitudes is productive of great discomfort in warm Cuba. Again, carriages are plenty and inexpensive. Much discomfort from the tropical sun will be avoided by using these conveyances freely.

Havana is built upon a tongue of land, the head of which is defended by the Moro Castle and the Heights of Cabañas. The old part of the city is a town of quaint old-fashioned buildings and narrow streets. The newer portions are, however, built in accordance with the modern idea. Almost all the houses are only two stories high, although the high ceilings which comfort demands in this climate, make many of the buildings reach a height of forty feet. In olden times the city was entrenched and surrounded by massive walls, but these have been done away with.

Havana is a city of about 250,000 inhabitants. The population is essentially cosmopolitan in its character; many of the principal merchants are German or English, and there is a large representation from the Spanish Peninsular

The Paseo, the principal boulevard of Havana, is flanked by handsome houses and gardens, and is a favorite drive.

A section of the city well worth visiting is the Chinese quarters. There are a good many wealthy Chinese merchants in the city, but the major part of the Chinese population is composed of coolies who were brought into the island to work upon the plantations and who have worked our their time of servitude.

A visit to the cathedral will prove of interest, as will also one to the wharves, which consist in a mile or more of roofed levees at which vessels are moored bow on and loaded or discharged by a sort of primitive elevated railroad which is run to the hatches.

The theatres are open on Sundays, as are also the cafés.

The official religion is Roman Catholic, and there are many fine churches in the city. At some of the leading hotels Protestant services are held on Sundays for the benefit of guests.

There is always good music in Havana, and a good Italian opera company is well patronized during the winter months. Grau's French Opera Troupe is also warmly greeted during the short stay it makes here.

The suburbs of Havana are towns composed principally of charming country residences surrounded by pleasant grounds.

A favorite picnic ground is Puentes Grandes (Big Bridge), where there is a fine beach for bathing. A few miles further up the coast are famous fishing grounds. To the eastward is the town of

Guanabacoa, a favorite summer resort, noted for its mineral springs. A few miles west, reached by the steam cars which pass out through the Avenue del Norte, there is an interesting old castle, whose foundations are bathed by the waters of the bay.

OTHER CUBAN CITIES.

Matanzas is the second city in importance on the island. It lies in the valley of Yumuri, and has a population of about 40,000. In many respects it resembles Havana, to which city it in fact stands in the light of an important suburb. Its chief attraction is the romantic beauty of its scenery. The Caves of Bellamar, near by, are well worth visiting.

The next city in importance is Cardenas, which is situated on the northern coast of the island. Cardenas does a large business in the exportation of sugar to the United States.

Cienfuegos is worth visiting. It lies upon the southern coast and has a fine harbor.

Not far from Cienfuegos is Trinidad, an ancient town whose scenery is very beautiful.

Santiago de Cuba is also an important commercial town, and is the principal city of the copper mining district of Cuba. It was formerly the capital of the island, and is probably the oldest town in the West Indies.

If time serves, a trip to any large sugar plantation will prove very interesting, as will also one through the Vuelta Abajo, where the best tobacco on the island is raised.

Now, with a hearty good-bye to the good friends we have made among the warm-hearted Cubans, all aboard for the land of the Montezumas.

THE REPUBLIC OF MEXICO.

We shall not attempt to describe Mexico except in a very general way. Volumes could be and have been written on this subject. An attempt to give a full account of this country, whose civilization was ancient when Columbus first crossed the Atlantic would swell this volume to unwieldy proportions.

We shall simply point out some of the many interesting things which are to be seen there, and trust our readers will leave this land sufficiently interested in it to seek for themselves the pleasure obtainable in reading the many volumes published on the history and romance of our native western civilization.

Progreso is reached after a two days' sea voyage from Havana. It is the seaport of the City of Merida, and through its portals the immense yield of sisal grass, a species of hemp, obtained in the State of Yucatan, reaches the outside world. The steamer remains about 24 hours at Progreso, giving the tourist an opportunity of visiting the City of Merida, 22 miles distant. Merida is the capital of the State of Yucatan, and is a quaint and beautiful city of about 50,000 inhabitants.

The market place is an immense square surrounded by high adobe walls. The streets are named after animals and birds, and for the convenience of the mass of the population, which is uneducated, the street names are indicated by figures of their namesakes in the animal kingdom, which stand prominently upon the corners.

Near the city of Valladolid, in the eastern portion of Yucatan, are the famous ruins which have been excavated and explored by many French and American archæoligists. They consist of the ruins of about forty ancient towns and villages and contain the remains of many castles, palaces and temples, from which many interesting relics have been disinterred. Unlike European ruins, these remains of an early American civilization have no local traditions or legends connected with them, and inquiry as to their history will probably meet with a characteristic native shrug and " Quien sabe."

After leaving Progreso some of the steamers go direct to Vera Cruz and others make stops of a few hours at Campeche and Frontera, which ports, together with their intermediate bay, " Laguna de Terminos," are the points from which the rich yield of dyewood and hardwoods of Mexico are exported.

Now we approach

VERA CRUZ,

the portal to the great Republic of Mexico, the modern El Dorado. The first indication of land noted from on shipboard is the mountain of Orizaba, an extinct volcano, whose snow capped summit catches the eyes while the shore is still sixty miles distant. As we approach, its majestic outline becomes more and more clearly demarked against the sky, and as we gaze upon this monarch of the hills it impresses us as a worthy avant courier of this royal land, rich in natural resources and in romance, and with a history antedating by long years the opening of our Western hemisphere to Caucasians.

Four hours after we catch sight of the summit of Orizaba the coast line appears upon the distant horizon. Coral reefs parallel with the coast extend in front of the city of Vera Cruz. Not far from the shore is the little island of Sacrificio, which, according to legend, was the scene of an annual human sacrifice in the days of idolatry. As we enter the harbor we notice the dull pink walls of the city to the left, and to the right the fort of San Juan de Ulloa, which stands upon the spot where Hernando Cortez landed on April 21st, 1519. It was commenced in 1569, and not completed until 1633. The old fort is now used as a State prison.

Once again we have recourse to the small boats which land us and our belongings on the wharf.

Vera Cruz covers about sixty acres and is surrounded by a triangular wall twenty feet high. Its population numbers about 15,000, and is cosmopolitan in character. The streets are narrow but clean, the care of the street cleaning department being entrusted to immense flocks of buzzards, whose safety against the ardor of the sportsman is ensured by stringent legislation.

Vera Cruz is the capital of the State bearing that name, and is the principal seaport of the country, as well as of the City of Mexico. Until very lately it was the only medium of communication between the City of Mexico and the outside world. Until the Mexican Declaration of Independence it enjoyed the monopoly of the import business of Mexico, according to government regulations. Even up to a late date two-thirds of the Mexican commerce passed through it and its commercial position is still very important.

Among the buildings worth visiting are the Palace, a structure completed in 1627 and now used as government offices ; the chapel of La Pastora, erected in 1746, and the church of San Antonio, a fine old edifice. Vera Cruz has also ' a fine market which cost ninety thousand dollars. The city contains, as well, an artillery school, an arsenal, three hospitals and a public library.

The Plaza de la Constitution is the public park.

Vera Cruz was founded by the Viceroy, Count Monterey, at the end of the sixteenth century, and has, owing to its exceptional position, maintained its commercial importance until the present day.

Until the middle of this century the carrying trade between Vera Cruz and the interior was done by mules. Of late years, however, that magnificent engineering feat the "Ferro-carril Mexicano" has rendered communication more simple.

The first concession for the construction of a railroad from Vera Cruz to the City of Mexico was granted in 1837, and work on the road was shortly afterward started. The work was delayed by many great engineering difficulties as well as by the political disorder into which Mexico was, at the time, frequently thrown. Thirty-six years after the date at which the concession was granted, however, the road was completed and formally inaugurated in the presence of President Lerdo de Tejada. During the years of the road's construction forty presidents and one emperor ruled Mexico.

Through the ingenuity and skill of its engineers and projectors we are enabled to enjoy the charming trip from

VERA CRUZ TO THE CITY OF MEXICO.

The rise in the road becomes very perceptible at about forty-seven miles from Vera Cruz where the track curves around the base of the Chiquihuite Mountain. At this point on the road the luxuriant tropical vegetation will delight northern eyes.

The next point of interest is the Ravine of Metlac, where the scenery is magnificent and the bridge and engineering work upon the roadway of the railroad is probably the most skillfully solved engineering problem in Mexico.

At Enurial (eighty-eight and one-half miles from Vera Cruz) the grade becomes very heavy and a Fairlie engine, constructed for pulling trains up steep grades, is attached to the cars.

Shortly after leaving Enurial the train reaches the Barranca del Enfiernillo where the track runs along the edge of a precipice six hundred feet high. At this point the view is the most magnificent and extensive along the entire route.

From Enurial to Boca del Monte the ascent is continuous.

At Boca del Monte the elevation is 7,924 feet.

After passing Apizaco (one hundred and seventy-nine miles from Vera Cruz) where the branch road to Puebla starts, we reach the highest point in the road where it reaches an elevation of 8,333 feet near Guadaloupe.

From Irolo (two hundred and fifteen and one-half miles from Vera Cruz) a tramway leads to Pachuca, one of the oldest and most interesting mining towns in Mexico.

From Irolo to the City of Mexico, forty-eight miles distant, the grade of the road is a gradual descent until Mexico is reached at an elevation of 7,347 feet above the sea level.

THE CITY OF MEXICO

is situated in a valley forty-five miles long, thirty-five miles wide and containing seven hundred thousand inhabitants. The city itself con-

DEVLIN & CO.,

ESTABLEÚDOS EN 1840.

Nos. 258 y 260 BROADWAY,

Esquina á Warren Street,

NEW YORK.

Para vestir bien y barato, tenemos superioridad sobre todos los del ramo de Ropa hecha en esta Ciudad.

SASTRERIA,

Por separado, donde el mas exigénte quedarea satisfecho.

Camisas hechas y á la orden, ropa interior, Corbatas, &c.

PRECIOS FIJOS.

No se dan Comisiones.

G. RUIZ,

Encargado, Habla Español.

COMPAÑIA PARA LIMPIAR METALES LA SIN RIVAL,

ÚNICOS MANUFACTUREROS DEL GENUINO

Lustre Vegetal MATCHLESS Para Metales
TRADE MARK.

EN EL MUNDO.

Aventaja á cuanto se haya ofrecido al público para dicho propósito. Inmejorable para limpiar Rótulos de Cobre ú otros Metales, Rejas, Aparadores, Molduras, Adornos, Instrumentos de Música, Lámparas de Cobre ú otro Metal, Lámparas de Ferro Carril, &c. Propiamente adaptado para Máquinas de Vapor, (frias ó calientes) y garantizado no contener ni ácidos ni sustancia alguna que sea contraria á su uso; no hecha á perder los ejes ni las letras negras en los rótulos de metal.

Ahora usado y endosado por los principales Departamentos de Incendios, Ferro-Carriles, Compañias de Vapores, Cervecerias, etc., en los Estados Unidos y el Canadá, Necesitan Agentes Generales. Se solicita Correspondencia. Diriganse al

MATCHLESS METAL POLISH CO.,

60 WILLIAM ST., New York.

ENRIQUE B. HAMEL,

ÚNICO AGENTE PARA LA ISLA DE CUBA, MERCADERES 2, HABANA.

tains two hundred and twenty-five thousand inhabitants. The city has a large American Colony which is principally a growth of late years, the new railroad enterprises and their off-shoots having attracted a number of our enterprising countrymen. Of the native population the pure blooded descendants of the original owners, the Indian or Aztec race, are a dignified and law abiding people. Those of this race who belong to the laboring classes are, as a rule, quiet and diligent. The lawless element is drawn from the Mestizos or mixed race principally. About twenty per cent. of the inhabitants are descendants of European ancestors and are of pure Caucasian blood.

The Calle Plateros is the principal street and leads to the Plaza Mayor, the grand square of the city. At the northern side of this square are the Cathedral and El Segrario. Upon their present site the Aztec pyramid and temple once stood. They were destroyed by Cortez and the ground given by him to the Franciscan monks, who built a church which was demolished in 1530. The present building was commenced in 1573 and not completed until more than a century had elapsed.

The Cathedral is 426 feet long by 200 feet wide, and its towers, from which a magnificent view of the city is obtainable, are about 200 feet high. The famous Aztec calendar leans against the side of this building ; it is a solid block of basalt weighing twenty-five tons and is supposed to have been constructed in 1279.

At the eastern side of the Plaza is the Palace. At the south is the Casa de Cabildo, the municipal building, and at the west Los Portales de Mercaderas.

The Palace is the largest building in Mexico, having a frontage of 675 feet. It was erected by Cortez upon the site of the Palace of Montezuma. The principal objects of interest in the building are the Embassador's Hall and Maximilian's Coach.

La Plaza de Santo Domingo is an interesting point. The quaint old church of that name faces it upon the south. To the east are the Medical College and Custom House. The building occupied as a Medical College has a history connected with it. It was formerly the home of the Inquisition which was suppressed in 1813. It was then used as a State prison. Later it was used as a lottery office, a bar_rack, a meeting place of the Mexican Congress, and finally in 1854 was adapted to its present uses.

The Academy of San Carlos will repay the picture lover for a visit. It contains, according to Mexican opinion, the best collection of paintings upon the American continent.

TAMBOR
"FRICCION"
DE BACON.
Maquina de Izar,
PORTATIL.

Maquinas de Izar, de todos estilos, con ó sin Pailas.

Fabricados por

COPELAND & BACON,
NEW YORK, U. S. A.

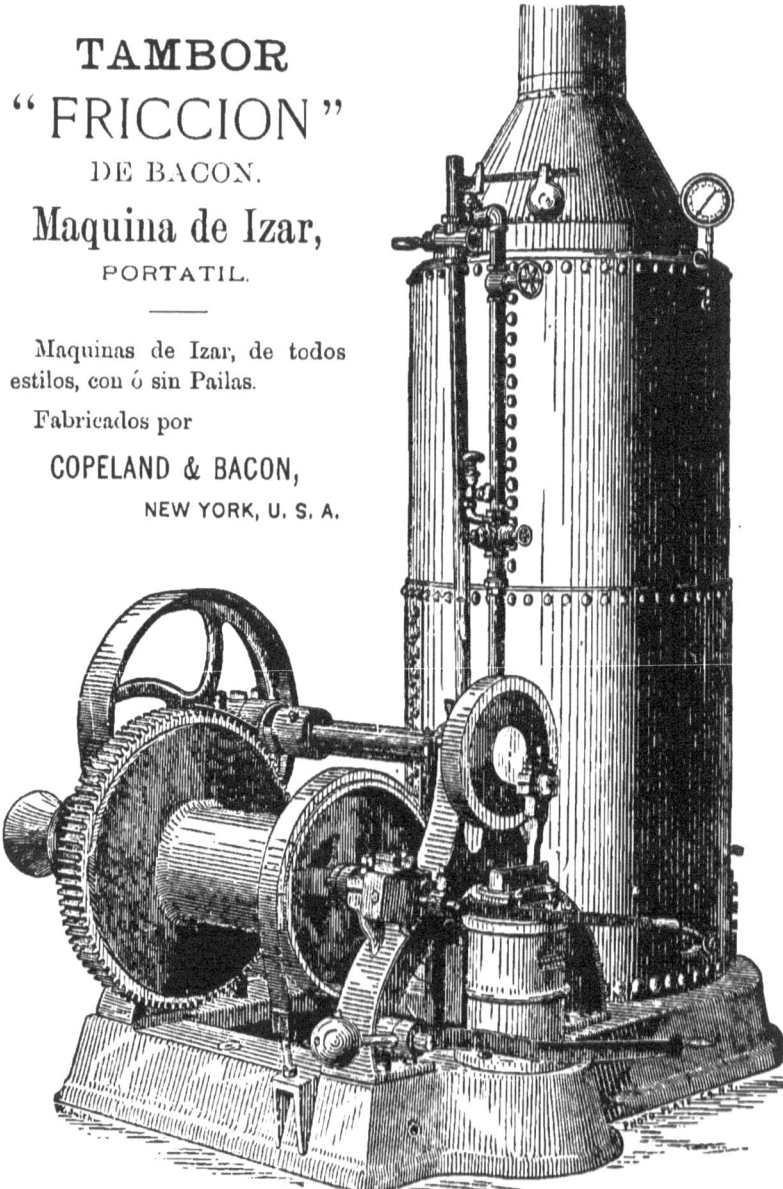

The Museum contains a number of Mexican curiosities, including the sacrifical stone upon which upward of fifty thousand human sacrifices are said to have been offered up to the Aztec Gods.

The Mining School building is said by Humboldt to be one of the finest in Mexico.

The palace at Chapultepec should be visited. During the French invasion, it was occupied by Maximilian. The palace stands at the end of the Paseo de la Reforma, or Empress Drive, which is the favorite driving road from the City of Mexico.

The Paseo is ornamented with statutes of Charles IV., of Spain, Christopher Columbus, and President Juarez. The grounds of Chapultepec contain a magnificent row of trees, one of which is the famous tree of Montezuma. The view from the palace is wonderfully beautiful. A visit should also be paid to the bath of Montezuma.

The water supply of the City of Mexico is of two kinds, clear and muddy. The first is supplied by springs near the foot of the mountains to the south of the city. The muddy water is obtained near Chapultepec. Two large reservoirs store the supply; and the city has now a system of water pipes which replace the ancient aqueduct. Beside the above source, there are many artesian wells.

Mexico is well supplied with amusements, there being, beside theatres and an American circus, usually both French and Italian opera in the city. There is also music every evening in the public parks.

Having brought our tourist safely to the Capitol of the Republic of Mexico, we shall bid him adieu, with a very sincere hope that our labors may have served to lessen his.

HAVANA.

FOREIGN CONSULS.—United States of America, 92 Aguiar ; France, 38 Cuba ; Russia, 66 San Ignacio ; Greece, 66 San Ignacio ; Guatemala, 53 Cuba ; Republic of Uruguay, 35 Amargura ; Venezuela, 73 Galiano; Holland, 33 Mercaderes ; Mexico, 21 Mercaderes : Argentine Republic, 64 Oficios ; Portugal, 74 Oficios ; Italy, 74 Oficios; Great Britain, 6 Sol; Sweden and Norway, 37 Obrapia; Germany and Switzerland, 36 Obrapia ; Brazil, 9 Sol ; Austria and Hungary, 7 Mercaderes ; Santo Domingo and Hayti, 12 Tejadillo ; Belgium, 2 Mercaderes ; China, 125 Industria ; Honduras, 37 Cuba.

HOTELS.—Telégrafo, San Carlos, Pasage, Hotel de Luz, Inglaterra.

THEATRES.—Payret, Jane, Albisu, Tacon.

CAB RATES (2 Seats).—Within the limits, Belascoain Avenue, 40 cents ; beyond the limits, 50 cents ; 3 persons, within the limits, 50 cents ; beyond the limits, 60 cents ; 2 persons, per hour, $1.35 ; 3 persons, per hour, $1.85 ; 11 p. m. to 6 a. m., double fares. All fares payable in Spanish paper.

RAILROADS TO PRINCIPAL POINTS.—To Matanzas, Villanueva Railroad—leave Havana, 2:40 p. m. ; arrive at Matanzas, 6:12 p. m. ; leave Matanzas, 5:45 a. m. :

CHAS. J. CAVE & CO.,

PAPER,

164 & 166 Fulton Street,

(OPPOSITE ST. PAUL'S CHURCH,)

Telephone Call, NASSAU, 478.   **NEW YORK.**

Manufacturers and Wholesale Dealers in Straw, Manilla and Tissue Paper, &c.

SOLE AGENTS FOR

TROY CITY MILLS,	STONE RIDGE MILLS,	GOLD LEAF MILLS,
WOODSTOCK MILLS,	CASCADE MILLS,	XXX MILLS.

Nuevo descrubrimiento para los Paises Tropicales.

Un nuevo metódo de aplicar mezcla á la parte exterior de paredes de los Edificios ha sido descubierto, consiguiendlose economia, fuerza y durabilidad, y es á prueba de fuego; es tan perfecta y tan simple en su construccion, que puede usarse por cualquier trabajador de mediano alcance.

El nuevo metódo consiste en el uso de una tela de alambre de hierro arrugada en sustitucion de los listones de madera.

Esta sustancia forma un perfecto superficie emplastado, y consiste de telas de alambre atravesadas por una susecion de paralelas acanaladas con direccion longitudinales á la distancia de seis pulgadas cada una, y sobre media pulgada de profundidad.

Cuando la mezcla se aplica á la superficie, se introduce en las aberturas y se endurecen de tal manera en ambos lados, que forma una sola mása y es imposible distinguir los listones. No deja espacio para corrientes de aire y todo el edificio estará concluido á prueba de fuego.

Por más informes pueden ocurrir al

No. 239 BROADWAY,   ROOM No. 14,   NEW YORK,

LA "STANLEY CORRUGATED FIREPROOF LATHING CO."

arrive at Havana, 9:25 a. m. ; Bay Railroad—leave Havana, 6.20 a. m, and 4:10 p. m. ; arrive at Matanzas, 8:55 a. m. and 6:20 p. m. ; leave Matanzas, 1:11 p. m. ; arrive at Havana, 3:45 p. m.

To Cardenas—Bay Railroad— change at Bemba—leave Havana, 6:20 a. m.; arrive at Cardenas, 12:08 p. m. ; leave Cardenas, 10:10 a. m. ; arrive at Havana, 3:45 p. m.

To Cienfuegos—Bay Railroad—leave Havana, 6:20 a. m. ; arrive at Cienfuegos, 5 p. m ; leave Cienfuegos, 5:15 a. m. ; arrive at Havana, 3:20 p. m.

To St. Jago and Cienfuegos, connecting with steamer at Batabano—leave Havana, 6:11 a. m.; arrive at Batabano, 8 a. m.; leave Batabano, on arrival of steamer, 1:05 p. m.; arrive at Havana, 3:05 p. m. Train leaves only on steamer day.

CITY OF MEXICO.

FOREIGN MINISTERS.—United States of America, 2 San Diego ; Belgium, 12 San Francisco ; Chili, Calle Cadena ; France, 2 Buena Vista ; Germany, 7 Capuchinas ; Guatemala, San Salvador and Honduras, 8 San Ildefonso ; Italy, 2 Buena Vista ; Spain, 2 San Diego.

FOREIGN CONSULS.—United States of America, 5 Perpetua ; Belgium, 14 San Agustin ; Columbia, 3 Empedradillo ; Denmark, 17 San Agustin ; Germany, 7 Capuchinas ; Guatemala, 8 San Ildefonso ; Spain, Hotel Iturbide ; Switzerland, 2 Monterilla.

HOTELS.—Iturbide, Comonfort, Del Bazar, Espiritu Santo, Europa, Gran Hotel Central, Gillow, Guardiola, Nacional, Orteaga, San Carlos, San Agustin.

THEATRES.—Alarcon, Autores, Nacional, Principal, Merced Morales, Guerrero, Orrin Circus.

CAB RATES.—Green flag, $1.50 per hour ; feast days, $2 per hour ; blue flag, $1 per hour ; feast days, $1.50 per hour ; red flag, 75 cents per hour ; feast days, $1 per hour.

STREET RAILROADS. —Cars leave the Plaza de Armas, near the Cathedral, at short intervals for all parts of the city and for the following suburbs : San Angel, Mixcoac, Chapultepec, Tacubaya, Atzcapotzalco, Tlalpam, Guadalupe, La Viga.

RAILROAD STATION AND TIME TABLES.—Mexican Railway Co., Buena Vista ; Mexican Central Railroad Co., Buena Vista ; Mexican National Railroad Co., Colonia ; Morelos Railway Co., San Lázaro.

Mexican Railway Co.—Train leaves Mexico, 6:15 a. m. ; arrives at Vera Cruz, 8 p. m ; leaves Vera Cruz, 5:45 a. m. ; arrives at Mexico, 8 p. m. Puebla Branch —leave Apizaco, 10:15 a. m. and 4:40 p. m.; leave Puebla, 7 a. m. and 1:40 p. m.

Mexican Central Railroad.—Leave City of Mexico, 9 p. m.. arrive at Paso del Norte, 7:05 a. m. of third day ; leave Paso del Norte, 7:15 p. m. ; arrive at City of Mexico, 7:10 a. m. of third day. Leave City of Mexico, 6:30 a. m.; arrive at Calera, 7:30 a. m. following day ; leave Calera 7:05 p. m. ; arrive at City of Mexico, 7 p. m. following day.

Mexican National Railroad.—Leave City of Mexico, 3:50 p. m.; arrive at Toluca, 7 p. m. ; leave Toluca, 4 p. m. ; arrive at City of Mexico, 7:10 p. m. ; leave City of Mexico, 5 p. m. ; arrive at El Salto, 8:30 p. m. ; leave El Salto, 5 a. m. ; arrive at City of Mexico, 8:30 a. m.

ROUTES.—To Havana—Steamers of Alexandre Line, Pier 3, N. R., or N. Y. & Cuba Mail Steamship Co. From New Orleans, Tampa and Key West, Morgan Line ; from St. Augustine, N. Y. & Cuba Mail Steamship Co.

To City of Mexico—Alexandre Line of steamers from New York, or Mexican Central Railroad from El Paso, Texas.

MEXICAN LAWS CONCERNING PASSENGERS' BAGGAGE.

Through the courtesy of Ramon V. Williams, Esq., Chancellor of the Mexican Consulate General, 35 Broadway, New York. From the advance sheets of his translation of the Mexican Tariff, now in press.

CHAPTER XVIII—PASSENGERS AND THEIR BAGGAGE. ARTICLE 80.

The following rules shall be observed for the landing of passengers and the dispatch of their baggage:

I. All foreigners that arrive at the ports of the republic can land as soon as the vessel comes to anchor, with their baggage, and when the landing is at night or at an hour when the Custom House is closed, each passenger shall be permitted to carry with him small parcels containing only clothing for use.

II. The examination of baggage shall be made with liberality, prudence and moderation. The passengers shall not be detained more time than is indispensable for the examination of the packages which they bring, and if foreigners are not able to understand or speak the Spanish language, any of the employees who can interpret shall assist and advise them of the requisites and formalities to which they are subject.

III. Respecting clothing and personal adornment, the qualification of the quantity and quality which will not cause duty, will be arranged by the just prudence of the collectors.

IV. The following other clothing and ornaments can be imported free of duty: (A) Two watches and chains. (B) One hundred cigars, forty packages cigarettes. (C) One-half kilogram of snuff. (D) One-half kilogram smoking tobacco. (E) One brace of pistols, equipments, and up to 200 charges. (F) One sword. (G) One rifle, musket or gun, equipments, and up to 200 charges. (H) One pair of musical instruments, except pianos or organs.

V. All effects not comprised in the above concessions, and which are brought by passengers in small lots for any gifts, will pay the duties fixed in the tariff, having to make a manifestation of them, specifying them, which shall be presented at the Custom house before verifying their despatch.

VI. When used furniture comes in the equipage of the passengers, account shall be taken of its damage in order to adjust the duties.

VII. If passengers are artists of any opera company, dramatic, comedy or other, beside the general exceptions conceded in the previous articles, it is permitted them to introduce free of duty their property and necessary adornments with such as go to form part of their equipage and that are not excessive in quantity. When Collectors think there is abuse in the introduction they will form an invoice and collect 55 per cent. on the value or appraisement, which will be done in the same form which is provided for goods that pay on their appraisement.

ART. 81. Collectors will make certain that there be distributed among the passengers, before the despatch of their baggage, printed copies of this chapter in Spanish, French, English and German, that they may be informed of the obligations to which they are subject.

ART. 82. Excepted to the provisions referred to in Art. 80 are the equipages brought by foreign ministers accredited near the Government of the Republic, whose equipages will not be registered.

GUIA DE NUEVA YORK.

CON INFORMES VENTAJOSOS PARA VIAGEROS, TAM-
BIEN, UNA BREVE DESCRIPCION DE OTRAS
CIUDADES PROMINENTES.

Nueva York es la ciudad principal de los Estados Unidos y la tercera del Mundo, está situada á la boca del Rio Hudson y al Sur del Estado de Nueva York.

Comprende toda la Isla de Manhattan y aquella parte del contin-ente al Norte de ella, lindado al Sur por la Bahia de Nueva York, al Este con el rio del Este y por el Oeste con el Rio Hudson ó del Norte y por el Norte con un pequeño rio llamado "El Broux."

Inclúye las Islas Blackwells, Randalls y Wards en el rio del Este y Governors, Ellis y Bedloes en la Bahia.

La Ciudad es de 15 Millas de largo y su anchura varía desde un cuarto de milla hasta cuatro millas en la parte más ancha.

Presenta un hermoso paisage y es muy saludable. Como puerto y cuidad comercial es insuperable. Su Puerto tiene bastante extension y fondo para anclaje de un gran número de Vapores y buques que continuamente pasan ó vienen con direccion á este puerto con productos extrangeros, ó bien llevando granos, harina ó mercancias y otras producciones de todas partes de los Estados Unidos para los mercados del Globo.

Nueva York está cituada en el centro de la parte Norte de la Costa y hallandose en directa communicacion con el interior de los Estados del centro por consigniente ha llegado á ser el puerto más grande de importacion y exportacion de efectos de todas clases.

Los diversos medios de comunicacion que tiene Nueva York la ha puesto en direta relacion con todos los lugares del Mundo, bien por mar ó ferro-carril.

A. T. DEMAREST y Cᴬ·,
Fabricantes de Carruages,

(ESTABLECIDOS EN 1860.)

ALMACENES, 636 Y 638 BROADWAY,

NEW YORK, U. S. A.

Tenemos la experiencia de 25 años construyendo carruages para Mexico, La America del Sur y Central y garantizamos dar completa satisfaccion en la ejecucion de toda órden que se nos confie.

Publicamos un catálogo conteniendo 350 estilos con descripciones detalladas, precios, condiciones, etc., el cual enviaremos libre de porte.

Se invita cordialmente a las personas que visiten á Nueva York, á pasar por nuestro almacene para ver el extenso y variado surtido de carruages que tenemos en el en este momento, en cuyo lugar encontrarn personas que hablan el Español y el Francés.

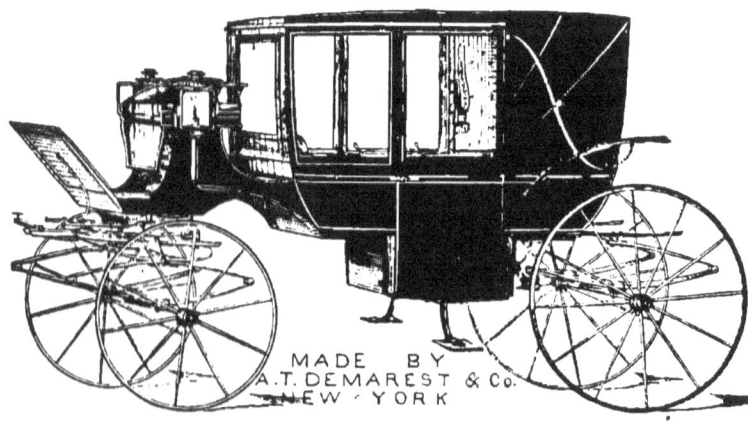

Se comunica con el Sur por mar por medio de Sandy Hook, y el Narrows entre la Costa de Long Island al este y Staten Island al Oeste, pasando las Fortalezas. Hamilton y Lafayette en el Anterior y las Fortalezas Wadsworth y Tompkins en el último.

La Isla de Manhattan fué habitada por los comerciantes Holandesas, toda la Isla habiendose comprado de los Indios por valor de $25 en efectos.

En el Año 1614 ó cinco años despues de haber sido descubierta por Henry Hudson, la ciudad de Neuva York, llamada entonces " New Amsterdam," se componia de una docena de casas y un pequeño fuerte en el sitio de "Bowling Green."

Hasta el Año de 1674 cuando paso á poder de los Ingleses y desde entonces empezo á estenderse y á crecer con gran rapidez. En 1699 toda la poblacion acendia á 6,000 almas y hoy cuenta con más de 1,750,000 habitantes.

Del Año 1785 al 1790 el Gobierno de los Estados Unidos residia en Neuva York. El General Jorge Washington primer Presidente de los Estados Unidos, prestó juramento en el City Hall situado entonces en la esquina de las Calles Wall y Nassau, donde se halla hoy el edificio de la Sub-Tesoreria de los Estados Unidos.

Nueva York como todas las demas ciudades antiguas de los Estados Unidos, no tiene las calles en órden, sino en todas direciones la mayor parte de sus primeros habitantes no creyeron que la ciudad engrandeceria y creceria á ser una poblacion grande.

Para más evidencia de lo que decimos, vease la calle "Pearl" en lo presente deja á la calle Whitehall más abajo de la parte baja de Broadway se dirige al Nordeste y entonces al Nordeste concluyendo por unirse á Broadway á distancia de milla y media de donde nacio.

En la parte alta de la ciudad que comienza en la calle Bleecker, las calles están en más órden habiendo sido tiradas á cordel y cualquier extrangero que visite á Nueva York tendra muy poco trabajo en dirigirse á cualquier lugar que desa en la ciudad.

De la Battery al Parque Central corre la gran calle comercial de Nueva York llamada Broadway, estendiendose por la parte baja de la ciudad hasta llegar á la calle 10 y entonces inclina á Nordeste hasta la calle 59 y 8ª Avenida.

Arriba de la Calle Houston, las Calles son numeradas del uno para arriba, las Avenidas desde la Avenida A, que está á cuatro cuadras del Rio del Este, se hallan numeradas de la misma manera en la parte más ancha de la ciudad, llegando hasta la "13ª Avenida."

La "5ª Avenida" empieza en "Waverly Place" y "South Fifth

DAVID S. SKINNER, D. D. S.,

Dentista,

124 MONTAGUE STREET,

ESQUINA DE HENRY,

BROOKLYN, N. Y., U. S. A.

REFERENCIAS:

LOS SRES. LOZANO, PENDAS Y CIA.,

" F. GARCIA, HOS Y CIA.,

" GUERRA HOS,

SOR. DN. CELESTINÓ PALACIO,

. " " ANTOŃIO GONZALEZ,

y muchas otras personas prominentes.

Avenue," y corre en direcion Nordeste por el centro de la Isla, y divide las calles Este á Oeste. El Este está comprendido entre la 5ª Avenida y el Rio del Este y el Oeste de la 5ª Avenida y el Rio del Norte.

El sistema de numerar los establecisnientos y casas es sencillo, las Avenidas que corren para arriba de la cuidad, desde el uno para arriba, y las calles, de la misma manera Este y Oeste, desde la 5ª Avenida.

De la calle Houston, para abajo las calles están numeradas de un extremo á otro.

Entre los objetos de interés que tiene la ciudad, la "Battery," se halla primero, á causa de los succesos historicos que en ella han sucedido.

En la "Battery" fué donde se hospedaron los primeros fundadores de la Isla, despues que la Isla pasó á ser pertenencia de Inglaterra, los ingleses construyeron el "Fuerte George" que despues pasó á ser "Fuerte Clinton."

El "Fuerte Clinton" despues fué llamado el Castillo de Clinton, y fué convertido en Teatro, aqui la famosa Jenny Lind, hizo su primer representacion en este pais dándole un gran resultado, pero como todo lugar fuera de moda, sus glorias han pasado y ahora sirve para muelle de desembaracion para emigrantes.

La vista de la Bahia desde la "Battery" es hermosa y llena de vida y vale la pena de visitarla para ver y formarse una idea de su hermosura.

Al este de la "Battery" está el "United States Barge Office," donde los pasajeros que llegan por los vapores oceanicos desembarcan con sus equipajes, los cuales son cuidadosamente examinados y si no encuentran efecto alguno sujeto á pagar derecho, les permiten llevarlas al hotel ó lugar donde vayan á hospedarse.

Referirse al indice que trata de las Autoridades de Aduanas para más pormenores.

Cerca del "Barge Office" está el Ferro-carril Elevado y los Vapores para Brooklyn y Staten Island.

Los extrangeros que visitan á Nueva York les llama la atencion el gran movimiento y actividad que se nota en sus calles.

Los principales edificios son construidos de ladrillo, hierro y piedra morada, granito o mármol y son de todas clases de Arquitectura, entre las más prominentes está, La Aduana Sub-Tesoreria, Produce Exchange, Stock Exchange, Cotton Exchange, Lenox Library, Metropolitan Museum of Art, New Court House, City Hall

y Post Office, ademas los edificios Washington, Mills, Wells, Standard, Boreel, Stewart, Equitable, y United Bank Buildings.

Las principales Iglesias son, Fifth Avenue Presbyterian, St. Thomas, Cathedral, Dutch Reformed, Grace, y Trinity. Hay cerce de 340 Iglesias en Nueva York.

La ciudad está unida á Brooklyn por medio del puente "New York y Brooklyn Bridge," el cual fué acabado y abierto al público en Mayo de 1883, tomandose 15 años en su construccion y costando $15,000,000.

Carros atraviesan el puente cada dos ó tres minutos y cobran tres centavos por cada pasajero, á los que crusan á pié les cobran un centavo, existiendo una tarifa especial para carruajes y otros vehiculos.

Los principales establecimientos al pormenor de efectos de ropa son, Arnold, Constable y Cia, calle 19 y Broadway; E. J. Denning y Cia, calle 10 y Broadway ; Stern Bros., calle 23 ; R. H. Macy y Cia, calle 14 y 6ª Avenida ; Daniel & Son, calle   Broadway ; B. Altman y Cia, calle 19 y 6ª Avenida, y gran número más pequeños. El principal establecimiento de Alfombrás es el de W. & J. Sloane, calle 19 y Broadway. Vease la pagina de Anuncios. Para Joyerias y bric-a-brac, Tiffany y Cia, Broadway y calle 15, es el mas prominente.

Para Sombreros, Edward Miller, Broadway cerca de la calle 27, Knox, bajo el Hotel de 5ª Avenida y Dunlap y Cia, 5ª Avenida entre las calles 22 y 23, son las mejores y más conocidas de su clase.

Para Ropa hecha y á la órden, el viajero debe consultar nuestra lista de Anuncios.

Nueva York tiene un gran número de hermosos Parques, entre los principales cuenta el Central y el Riverside, los cuales deben ser visitados, y especialmente el primero, el cual tiene gran reputacion como el mejor parque del mundo por sus paseos y bellos paisages.

Son objetos que poseen gran interes El Obelisk, Museo y Casino, Marble Arch, Lecheria, Mall, Fuentes y hermosas Estatuas.

El departmento de Charity y Corrections, (oficinas 3ª Avenida y calle 11, donde el viajero puede conseguir un pase gratis para visitar los lugares que estan bajo la direccion de la Comision) tienen á su cargo todos los Asilos, Prisiones y Hospitales, entre ellos, Blackwells, Randall's y Ward's Islands y las Tombs, todos lugares interesantes al viajero.

Se estima el valor de casas y terrenos sobre dos billiones de pesos.

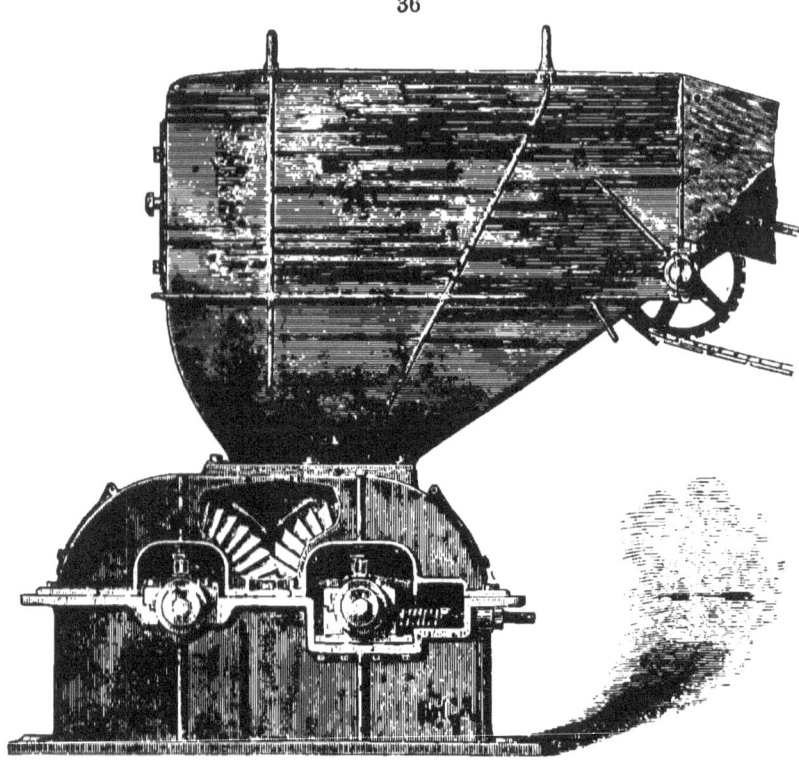

Elevacion lateral que manifiesta las superficies de corte à atadura del portá-caña

INSTRUCCIONES PARA LOS VIAJEROS QUE LLEGAN POR LAS LINEAS DE VAPORES.

Los signientes artículos son los únicos que son exceptuados de derechos como propiedad del viajero que llége del extrangero.

Ropa de su uso, ó lo que es necesario para el abrigo de la persona ; pagaran derechos efectos de ropa que no son para el uso de la persona.

Libros profesionales, Implimentos, Instrumentos, y Herramientas de oficio, ocupacion ó empleo de la persona que llega, incluyendo ropa de teatro de la propiedad de los Actores.

Efectos personales, viz.: Artículos que son usador por el individuo, ó pertenezcan á él. Esto incluye Joyeria usadas ó que se hayan en uso. Un solo reloj, se permite libre á cada pasajero. Bibliotécas, partes de ellas (que no sean de profesion), que hayan estado en uso por lo menos un año.

Efectos y muebles de casa que han estado en uso por lo menos un año.

La libre entrada de todos los artículos citados es condicional por ser las mercancias para el uso personal del pasajero, pero no para esponerlos á venta, ni proponerlos con ése fin.

La lista de arriba incluye todo lo que es libre de derechos por razon de ser propiedad del viajero que regresa.

Muchos otras artículos son libres bajo las leyes generales de la tarifa.

A la llegada de los buques, los aduaneros proveeran blancos á los pasajeros despues de la salida de la cuarentena si es practicable· Si mingun oficial de la aduana arriva al buque en la cuarentena, los blancos seran proveidos á la llegada al "United States Barge Office."

Estos blancos estan divididos en dos secciones, una para los efectos exéntos de derechos segun la lista precedente, y uno para los artículos sujetos á derechos. Los pasajeros deben llenar éstos con todo cuidado, dando todo los detallas exactos con respecto á todo lo que traen.

Si una familia llegase en un buque, el padre ó jefe de ella puede incluir á todos en una entrada ó blanco.

En caso que los artículos sean sujetos á derechos y tengan que ser reconocidos los enviaran al "Barge Office" para su examen. Todas las declaraciones que se haran en las entradas ó blancos seran bajo juramento.

Se llama la atencion á esta provision de la ley :

ESTABLECIDA EN 1831.

JOHN STEPHENSON, *President.*   L. M. DE LA MATER, *Secretary.*

J. B. SLAWSON, *Treasurer.*

JOHN STEPHENSON COMPAÑIA, Limitada,

NUEVA YORK.

Carros para Tramvias y Omnibus,

LIGEROS, ELEGANTES y DURABLES,

DE TODAS CLASES

De Los Mejores Materiales, Precios Minimos.

ORDENS cumplidos rápidamente. Atencion especial á
los embarques. Resisten á todas climas.

Cuando cualquier artículo sujeto á derechos se encuentra en el equipaje de algun pasajero que no está mencionado en la entrada ó blanco, será tal artículo confiscado, y la persona en cuyo equipaje se haya, será multado, triplicandole el valor del derecho.

FERRO-CARRILES ELEVADOS.

LA LINEA SESTA AVENIDA :

Entre el " South Ferry " y calle Cincuenta y ocho (58) y la Sesta Avenida, y el South Ferry y calle 155 y la Octava Avenida. Trenes alternativos.

Durante el dia los trenes corren en intermedios de dos á cinco minutos y desde de la media noche hasta las cinco y media de la mañana.

LA LINEA NOVENA AVENIDA :

Entre el South Ferry y calle 59 y la Novena Avenida, y de alli juntando con el de la linea de la Sesta Avenida.

Trenes corren cada seis minutos desde las cinco y media de la mañana hasta las ocho de la noche.

LA LINEA TERCERA AVENIDA :

Entre el " South Ferry " y ʼcalle 129 y la 3ª Avenida, enlasandoce en Chatham Square con los trenes del ramo del City Hall, y la linea de la 2ª Avenida, y en la calle 34 con el ramo al embarcadero de Hunters Point y el despacho del Ferro Carril de Long Island, y en la calle 42 con el ramo al despacho del Grand Central.

Trenes corren en intermedios de 3 á 6 minutos, desde las cinco y media de la mañana hasta las doce de la noche y entre las doce de la noche hasta las cinco y media de la mañana en intermedios de cada quince minutos.

FERRO-CARRILES.

LINEAS DE LAS AVENIDAS.

El pasajero antes de entrar en un carro debe preguntar del Conductor su ruta, aunque ellos mismos pueden estar asegurados antemanos por las inscripciones sobre el lado de los carros, porque los carros de las varias rutas frecuentemente pasan sobre la misma ruta : Muchos de los carros de la calle " Canal " para arriba, paran en la esquina de Canal y Broadway ó Broome, frente al "Astor House," donde está el termino general de muchas de las lineas.

LA LINEA " BROADWAY AND UNIVERSITY PLACE :"

Salen de la esquina de Broadway y calle Barclay via las calles Barclay y Church, á Canal, á Greene, á Clinton Place, á University

Place, á Union Square, á Broadway, á 7ª Avenida, á calle 59 á Central Park.

Regresa por la misma ruta hasta University Place, á la calle Wooster, cruzando la calle Canal, á West Broadway, á College Place, á la calle Barclay, hasta el paradero de la salida.

El último carro sale del " Central Park " á la de la mañana.

El último carro sale de la calle Barclay á las 1:35 de la mañana. Oficina, 7ª Avenida esquina de la calle 51, Oeste.

Linea " Broadway and Broome St."

Salen de " Broadway " y calle " Broome," de " Broome " á la calle " Greene " y entonces por la misma ruta como la linea de " Broadway y University Place." Regresa por la misma ruta como la de " Broadway y University Place " á la calle " Broome " hasta " Broadway." El último carro sale de " Central Park " á las 12:45 p. m. El último carro sale de la calle "Broome" y Broadway á las 10:45 p. m.

Oficina 7ª Avenida esquina de calle 51, Oeste.

La Linea " 6ª Avenida :"

Sale de la esquina de " Broadway " y calle " Vesey," con arrera de "Vesey " á " Church," á " Chambers," á " West Broadway," á " Canal," á " Varick," á " Carmine," á " 6ª Avenida hasta calle 59 y ' Central Park ' (Parque Central)." Regresa por la misma ruta á " West Broadway," á " College Place," á calle " Vesey," á la esquina de Broadway. La carrera es toda la noche. Oficina No. 756 6ª Avenida.

La Linea "6ª Avenida, Broadway and Canal St.:"

Salen de la esquina de " Broadway " y calle " Canal." Tiene carrera de " Canal," á " Varick," entonces por la misma ruta como la linea de la " 6ª Avenida." Regresando por la misma ruta. Corren toda la noche con intermedios de 15 minutos. Oficina 756 6ª Avenida.

La Linea "7ª Avenida," Salen de "Broadway " y " Park Place ; "

La carrera es de " Park Place " á " Church " á " Canal " á " Sullivan " á la calle 4 Oeste, á "Macdougal" á "Clinton Place" á la Avenida " Greenwich " á la " 7ª Avenida " á la calle 59 y " Central Park,' Regresa por la misma ruta á la calle 4 Oeste, á " Thompson " á "Canal" á " West Broadway " á " Park Place " y Broadway " El último carro sale de Central Park á las 11:15 p. m. El último carro sale de Broadway á las 11:55 p. m. Oficina, 7ª la callé 51 Oeste.

HENRY C. SQUIRES,
Comerciante por Mayor y Menor,
DE

ESCOPETAS (EFECTOS DE PESCAR), " LAWN TENNIS,"
BOTES DE PLACER, CANOAS,

y todo la que pertenece al

BOSQUE, CAMPO y ARROYO.

Efectos de todas clases para los Cazadores.   Efectos para el Campo,
Efectos de Hule, Vestidos para Cazadores.

Botas y Zapatos, y Municiones de todas clases.

Unico Agente en Nueva York, para **W. W. GREENER'S**
" **PRIZE GUNS**," (Escopetas premiados.

BROADWAY No. 178, NUEVA YORK.
Remitase 35 centavos por un catálogo grande de 116 paginas y con 263 ilustraciones.

La Linea "8ª Avenida" Sale de "Broadway" y calle "Vesey."

La carrera es de "Vesey" á "Church" á "Chambers" á "West Broadway" á "Canal" á "Hudson" á "8ª Avenida" á calle 59, y "Parque Central" y calle 141 Oeste. Regresan por la misma ruta. Esta linea corre cada 15 minutos toda la noche, Oficina, 8ª Avenida esquina de la calle 50 Oeste.

La Linea, "8ª Avenida, Broadway y Canal St."

Sale de "Broadway" y calle "Canal" á "Hudson," entonces para arriba, y regresa lo mismo como la linea "8ª Avenida," volveindose á la esquina de la calle Canal y Broadway. El último carro sale de la esquina de Broadway y la calle Canal á las 10:55 p. m. y de la estacion á la calle 49 á las 12:03 p. m.

Oficina, 8ª Avenida esquina de la calle 50 Oeste.

La Linea "9ª Avenida" Sale de "Broadway" y calle "Fulton."

Corren de Fulton á "Greenwich" á la 9ª Avenida á la calle 54. Regresan por la misma ruta, á "Gansevoort" á "Washington" á "Fulton" á "Broadway."

El último carro sale de Broadway esquina á la calle "Fulton" á las 11:15 p. m. El último carro sale de la estacion de la calle 54 Oeste á las 10:25 p. m. Oficina No. 816 9ª Avenida.

La Linea "West Side Belt."

Sale de "South Ferry" con carrera de "Whitehall" á "Bowling Green" á "Battery Place" á "West" á la 10ª Avenida, á la calle 54 Oeste, á Central Park. Regresando por la misma ruta, El último carro sale de la esquina de la calle 54 Oeste, y la 10ª Avenida á las 10:30 p. m ; de South Ferry á las 11:30 p. m. Oficina, 10ª Avenida esquina de la calle 54 Oeste.

La Linea "2ª Avenida :"

Sale de "Fulton Ferry," con carrera de "Fulton" á "Water" á "Peck Slip" á "South" á "Oliver" á "Chatham" á "Bowery" á "Grand" á "Forsyth" á "Houston" á la 2ª Avenida á la calle 128, Harlem.

Regresa por la 2ª Avenida á la calle 23, á la 1ª Avenida, á las calles Houston, Allen, Grand, Bowery, Chatham, Pearl al punto de la salida. Tambien, del pie de la calle 92 Este á la Avenida "A" á la calle 86 Este, á la 2ª Avenida, á la calle Stuyvesant, al Astor Place á Broadway. Regresando por la misma ruta.

* Los carros corren toda la noche de Fulton Ferry (Peck Slip).

* Tambien los carros corren toda la noche de la calle 63.

H. A. ROGERS,

19 JOHN STREET, NEW YORK.

MAQUINARIA y HERRAMIENTAS.

Ejes, Soportes Colgantes y Poleas.

Carretillas de hierro Tubular.

Maquinaria para trabajos de Hierro y Madera.

Maquinas de Vapor y Pailas.

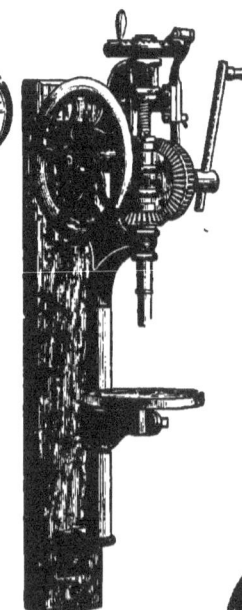

Gatos Cornaqui.

Maquinaria para Café y Azucar.

Maquinas de Taladrar por Mano y Fuerza Motriz.

y

Toda Descripcion de
Maquinaria y Suministros

Para Ferro Carriles, Contratantes, Fabricantes, Haciendas y Minas.

Gobernador de Maquinas.

Cubos de Izar para Carbon Mineral, etc., etc.

Cabos de 'Alambre de Acero y Hierro.

El último carro sale para Harlem á la 1 a. m. El último carro sale de la calle 63 para Harlem á las 12:30 a. m.

Esta linea tiene tambien un ramo á Broadway, esquina de la calle Worth. Oficinias calle New No. 34, y 2ª Avenida esquina de la calle 63 Este.

LA LINEA "3ª AVENIDA :"

Sale de Broadway, frente del "Astor House" y la "Casa de Correos." Tiene carrera de "Park Row" á la calle "Chatham" al "Bowery," á la 3ª Avenida, á la calle 64 y de alli hasta Harlem. Regresando por la misma ruta. Los carros de esta linea corren toda la noche.

Para la estacion "Grand Central," sale de Broadway, frente del "Astor House," y la "Casa de Correos."

Del Correo á "Park Row" á Chatham, á Bowery, á la 3ª Avenida, á la calle 35, á la Avenida "Lexington" á la estacion del Ferro Carril. Regresan por la misma ruta. El último carro sale de la estacion á las 10:10 p. m., del Astor House, á las 10:40 p. m. Oficinas, esquina de la calle 34 y la 3ª Avenida, calle 65 y la 3ª Avenida, y la 3ª Avenida No. 2390.

LA LINEA "SEGUNDA AVENIDA :"

Corre desde el Chatham Square, hasta la calle 127 y la 2ª Avenida desde las cinco de la mañana hasta las siete y media de la noche en intermedios de 3 á 8 minutos.

La tarifa es 5 centavos entre las horas de $5\frac{1}{2}$ y de $8\frac{1}{2}$ de la mañana, 10 centavos de las $8\frac{1}{2}$ de la mañana hasta las $4\frac{1}{2}$ de la tarde, 5 centavos entre las $4\frac{1}{2}$ hasta las $7\frac{1}{2}$ de la tarde y 10 centavos, entre las $7\frac{1}{2}$ de la tarde hasta los $5\frac{1}{2}$ de la mañana.

Las tarifas son las mismas en todos los caminos, y los Domingos la tarifa es 5 centavos todo el dia.

LA LINEA "4ª AVENIDA :"

Sale de Broadway, frente del "Astor House" y la "Casa de Correos." Tiene carrera de "Park Row" á la calles "Centre," á la calle "Grand" á "Bowery," á "4ª Avenida," á la calle "42" y el paradero "Grand Central," á la "Avenida Madison," hasta la calle 86 Este. Regresan por la misma ruta á la calle "Broome," á "Centre," al punto de salida. Pasajeros para el embarcadero de "Hunter's Point," cambiaran en el paradero en la 4ª Avenida esquina de la calle 32 Este de la calle 32 Este á la "Avenida Lexington," á calle 34, al embarcadero. Regresan por la misma ruta. Los últimos carros salen del Astor House á las 12:03 p. m., del embarcadero al pié de la calle 34

Este, á las 11:30 p. m., del paradero "Grand Central," á las 10:30 p. m., y de la calle 86 Este á las 11 p. m. Pasaje 5 centavos.

LA LÍNEA "CITY HALL, AVENIDA B Y CALLE 34 :"

Salen de la esquina de Broadway y la calle Ann, de allí á Park Row, á Chatham Square, á East Broadway, á calle Clinton, á Avenida B, á calle 14 Este, á 1ª Avenida, á calle 34 Este, al embarcadero, para Hunters Point. Regresan por la misma ruta á la calle 2 a "Avenida A," á la calle Essex, á East Broadway, á la calle Chatham, á Park Row, hasta la esquina de la calle Ann y Broadway. Corren toda la noche. Pasaje, 5 centavos.

LA LÍNEA, "FORTY-SECOND AND GRAND ST. FERRY :"

Desde el pie de la calle 42 Oeste, á 10ª Avenida, á la calle 34 Oeste, á Broadway, á la calle 23 Este, á 4ª Avenida, á la calle 14 Este, á la Avenida A, á la calle Houston Este, á Cannon, á Grand, al embarcadero. Regresan por las calles Grand, á Goerck, á Houston Este, á 2ª, á Avenida A, á la calle 14 Este, á 4ª Avenida, á la calle 23 Este, á Broadway, á la calle 34 Oeste, á 10ª Avenida, al pie de la calle 42 Oeste. El último carro sale de la calle 42 Oeste, á las 11:30 p. m. y del embarcadero de la calle Grand, á las 12:25 a. m. Pasaje, 5 centavos.

LA LÍNEA "DRY DOCK AND EAST BROADWAY :"

Sale de la esquina de Broadway y la calle Ann, de allí á Park Row, á Chatham, á East Broadway, á las calles Grand, á Columbia, á Avenida D, á la calle 14, Este, á Avenida A, á la calle 23 Este.

Regresan por la calle 14 Este, á Avenida D, á la calle 8 Este, á Lewis, á Grand, á East Broadway, á Chatham, á Park Row, al punto de salida. El último carro sale de la calle 23, Este, á las 11 p. m. y de la esquina de la calle Ann y Broadway, á las 11:33 p. m. Pasaje, 5 centavos.

LA LÍNEA "CENTRAL PARK, EAST RIVER, AND AVENUE A :"

Sale de "South Ferry" al pie de la calle "Whitehall." Tiene carrera de la calle "Whitehall" á "South" á "Broad" á "Water" á "Old Slip" á "South" á "Grand" á "Goerck" á "Houston" á la "Avenida D" á calle "14 Este" á la "Avenida A" á calle "23 Este" á la "Avenida 1ª" á la calle 59 á Central Park (Parque Central) á la "10ª Avenida" á calle 53.

Regresando por la calle 59, tomando la misma ruta hasta la "Avenida D" á la calle 8, á "Lewis" á Houston," á "Mangin," á

" Grand," á " Corlears " á " Monroe " á " Jackson " á " Front " á ·"Whitehall " al " South Ferry. "

Este ferro carril pasa todos los embarcaderos del " Rio Este.'' Se despacha el último carro de South Ferry á las 11:30 p. m.

Se despacha el último carro de la calle 53 y la 10ª Avenida á las 10 p. m.

La Linea " Grand and Cortlandt St:"

Sale del embarcadero de Grand St., (Grand St. Ferry). Tiene carrera de " Grand " á " East Broadway " á " Canal " á " Walker " á " West Broadway " á " North Moore " á " Washington " al embarcadero "Cortlandt St·, " para Jersey City.

Regresando por las calles " Cortlandt " á " Greenwich " á "Beach" á " West Broadway " á " Lispenard " á " Broadway " á " Canal " y entones por la misma ruta hasta la punta de la salida. Se despacha el último carro del embarcadero "Grand St.," (Grand St., Ferry) á las 11 p. m., y de la calle Cortlandt á las 11:35 p. m.

La Linea "Bleecker St., and Fulton Ferry :"

Sale de " Fulton Ferry " (Embarcadero "Fulton "). Tiene carrera de la calle, " Fulton " á " William " á " Ann " á " Park Row " á " Centre" á " Leonard " á " Elm " á " Howard " á " Crosby " á "Bleecker " á " Macdougal " á la calle " 4 Oeste" á la calle "12 Oeste" á "Hudson" á la calle "14 Oeste" á la "9ª Avenida" á la calle 23 Oeste al embarcadero " Pavonia " para Hoboken.

Regresan por la " 9ª Avenida " á la calle " 14 Oeste " á " Hudson' á " Bleecker " á " Crosby " á "Howard" á "Elm" á "Reade" á "Centre" á "Beekman" á "South" á " Fulton Ferry."

Se despacha el último carro del " Fulton Ferry " á las 12:20 p. m., y del embarcadero de " Pavonia" calle 23 Oeste á las 11:30 p.m. Oficina 10ª Avenida No. 18.

La Linea " Desbrosses, Vestry and Grand Streets :"

Sale del embarcadero de Grand St., (Grand St. Ferry). Tiene carrera de la calle "Grand" á "Sullivan " á "Vestry " á "Greenwich" á "Desbrosses " al " Desbrosses St. Ferry." (Embarcadero para " Jersey City.")

Regresan por las calles " Desbrosses " á " Washington " á " Vestry " entonces por la misma ruta hasta la punta de la salida Los carros corren toda la noche.

La Linea " Church St. to South Ferry:"

Desde la esquina de las calles " Church " y " Vesey " via las

MOUNT HOLLY PAPER CO.

Fabricantes de Papel de escribir rayado y sin rayar para el uso de las escuelas, tambien papel ligero de cuentas especial para el comercio de México y la América Central y del Sur. Tambien fabrican papel "comercial" para giros y notas para evitas falsificaciones.

Dirigirse,

MT. HOLLY PAPER CO.,

MT. HOLLY SPRINGS, PA.,

U. S. A.

---

calles " New Church " á " Greenwich " á " Battery Place " á " State" al "South Ferry. "

Regresando via las calles " Whitehall " á " Battery Place " á "Greenwich " á " New Church " hasta la punta de la salida.

LA LINEA " AVENUE C AND PAVONIA FERRY."

Salen de la esquina de Chambers y West. ("Estacion Erie") Tiene carrera por las calles " West " á " Charlton " á " Prince " á "Bowery" á " Stanton " á " Pitt " á la "Avenida C " á la calle 18 Este á la "Avenida A" á la calle "23 Este " á la " 1ª Avenida" á la calle "35 Este " á la Avenida " Lexington " á la calle 42 Este y á la Estacion " Grand Central."

Regresan por la calle " 42 Este " á la Avenida " Lexington " a la calle "36 Este " á la "1ª Avenida" á la calle 23 Este á la "Avenida A" á la calle " 17 Este" á la Avenida C" á la calle " 3ª Este " á la " 1ª Avenida" á las calles "Houston" á "West" y "Chambers " á la punta de la salida.

Se despacha el último carro de la estacion " Grand Central " á las 11:15 p. m., y de las calles Chambers y West á las 12:35 a. m. Oficina 415 E. 10th St.

Pasajes en todas las lineas es 5 centavos por cualquiera distancia.

LA LINEA " 125TH ST.:"

Desde la esquina de la calle 130 Este y la 3ª Avenida.

Tiene carrera de la 3ª Avenida á la calle 125 Este, á 125 Oeste. Regresan por la misma ruta.

LA LINEA " HARLEM BRIDGE, MORRISSANIA AND FORDHAM :"

De " Harlem Bridge," á " 3ª Avenida," hasta Fordham, tambien de " Harlem Bridge," de " 3ª Avenida," á la Avenida "Boston," de la Avenida " Boston," hasta " West Farms."

LA LINEA " 23d STREET :"

Desde el pie de la calle 23 Oeste, hasta el pie de la calle 23 Este, Rio Este. Regrasando por la misma ruta.

Tambien del pie de la calle 23 Este, hasta las calle 23 Oeste, hasta la calle 23 Este, hasta la 2ª Avenina, á la calle 28, á la 1ª Avenida al embarcadero, " 34th St. (34th St. ferry).

Regresando de "1ª Avenida," á la calle "29 Este," á la 2ª Avenida, á la calle " 23 Este," y entonces de allí hasta el pie de la calle 23, Este.

THE BRUNSWICK-BALKE-COLLENDER CO.,

Sucesores de las Compañías BRUNSWICK y BALKE y H. W. COLLENDER

FABRICANTES DE

MESAS DE BILLAR Y DE PIÑA.

OFICINAS, ALMACENES Y FÁBRICAS PRINCIPALES:

CHICAGO: OFICINA, ALMACEN Y FABRICA, MARKET AND HURON STREETS, NORTH SIDE. SUCURSAL, 47 & 49 STATE STREET, SOUTH SIDE.

NEW YORK: OFICINA, ALMACEN Y FABRICA, FOOT OF EIGHTH STREET, EAST RIVER. SUCURSAL, 860 BROADWAY.

CINCINNATI: 8, 10 & 12 W. 6th ST. **ST. LOUIS:** 211 MARKET STREET.

SUCURSALES DEL OESTE.

CHICAGO...Market and Huron Streets, North Side.
KANSAS CITY, Mo..406 Delaware Street.
SAN FRANCISCO, CAL...653 and 655 Market Street.
ST. PAUL, MINN..292 Jackson Street.
OMAHA, NEB...500 South Tenth Street.
DENVER, COL...371 Lawrence Street.
SALT LAKE CITY, UTAH..Third South Street.
ST. LOUIS, Mo...211 Market Street.
ST. JOSEPH, Mo..119 North Third Street.
MILWAUKEE, WIS...108 West Water Street.
MINNEAPOLIS, MINN..Boston Block.
DALLAS, TEXAS...407 Main Street.

SUCURSALES DEL ESTE.

NEW YORK..860 Broadway.
BUFFALO, N. Y...507 Main Street.
PHILADELPHIA, PA.............................1134 Market Street, and Continental Hotel.
BALTIMORE, MD...367 West Baltimore Street.
SYRACUSE, N, Y...91 South Salina Street.
BOSTON, MASS..42, 44, 46 & 48 Hanover Street.
PITTSBURGH, PA...107 Fifth Avenue.

SUCURSALES CENTRALES.

CINCINNATI, OHIO..8, 10 & 12 West Sixth Street.
INDIANAPOLIS, IND...50 South Illinois Street.
ATLANTA, GA..22 Decatur Street.
CLEVELAND, OHIO...174 Seneca Street.
DETROIT, MICH..20 & 22 Michigan Street.

SUCURSALES DEL CANADA.

WINNIPEG, MANITOBA..........P. O. Box 1056. | TORONTO..........................Ontario!

SE ENVIAN A PETICION CATALOGO ILUSTRADO Y LISTA DE PRECIOS.

*Los amigos de las casas antiguas tendrán como hasta el presente su elección de cojines.
Los caballeros que han tenido hasta hoy el manejo de las várias casas
seguirán inspeccionando el negocio personalmente.*

La Linea " Hoboken and Greenpoint Ferry :"
Salen de la Esquina de las calles Christopher y West.

Tiene carrera de la calle " Christopher," á la Avenida "Greenwich," á la calle "8," á la Avenida A, y la calle 10 Este, al embarcadero " Greenpoint," al pie de la calle 23 Este.

Regresando por la misma ruta hasta la " 10 Avenida," á "Avenida A," á la calle " 9," á "Stuyvesant Place," á la calle " 8," á la Avenida " Greenwich," á la calle " 10 Oeste," á " West," al embarcadero de Hoboken al punto de la salida.

Tambien la linea tiene la carrera via las calles "Christopher," la Avenida "Greenwich," la calle "11 Oesté,á 7ª Avenida," á la calle 14 Oeste, á " Union Square," á "Broadway," á la calle " 17 Este," á la "Avenida A," hasta el embarcadero de " Greenpoint," al pie de la calle 23 Este.

Regresando via la "Avenida A," á la calle " 18 Este " á " Broadway," á la calle " 14," á la " 7ª Avenida," á la calle " 14 Oeste," á " West," á " Christopher," al embarcadero.

Se despacha el último carro de la calle Christopher, á las 12:55 a. m. y de la calle 23 Este, á la 1 a. m.

Oficina Avenida A, esquina de la calle 22 Este.

"LINEAS DE OMNIBUS."

" Broadway y 5ª Avenida :"
Salen del muelle de Fulton y atraviesan las calles de Fulton Broadway, calle 14, 5ª y 6ª Avenidas.

El primer Omnibus sale de la calle 47 á las 7 de la mañana.

El último Omnibus sale de la calle 47 á las 9 de la noche.

Del muelle de Fulton el primer Omnibus sale á las 7½ de la mañana.

El último Omnibus sale del muelle de Fulton á las 10 de la noche.

" Broadway, 23d Street and 9th Avenue:"
Salen del muelle de South, atraviesan Broadway, calle 23, 9ª Avenida hasta la calle 34.

Retornan por la misma ruta.

El primer Omnibus sale de la calle 30 á las 6 de la mañana.

El último sale de la calle 30 á las 8:15 de la noche,

Del muelle de South el primer Omnibus sale á las 6:45 de la mañana.

Del muelle de South el último Omnibus sale á las 9 de la noche.

"Madison Avenue ;"

Sale del muelle de Wall y atraviesan las calles de Wall, Broadway, calle 23 y Avenida Madison hasta la calle 42, vuelven por la misma ruta.

El primer Omnibus sale de la calle 42 á las 6:20 de la mañana.

El último sale de la calle 42 á las 8:30 de la noche.

"VAPORES DE RIOS."

La mayor parte de los vapores que hacen la travesia á New Jersey cobran tres centavos por cada pasajero y los de Brooklyn cobran desde un centavo hásta seis.

Astoria de la calle noventa y dos., E. R., desde las cinco de la mañana hasta las diez y media de la noche.

Desde Astoria, á Peck Slip, E. R., á Astoria, por los vapores de Harlem.

Blackwell's Island, de la calle 26,E. R., á Blackwell's Island á 10 y media de la mañana, y á la una y media de la tarde todos los dias.

De la calle 52,E. R.,á Blackwell's Island en botes de remos cobran veinte y cinco centavos.

Bedloe's Island desde el muelle 58 N. R., el vapor del Gobierno de los Estados Unidos y del muelle No. 1, E. R.

Desde la calle Catherine, (Brooklyn) E. R., hasta la calle Main andan los vapores todas las noches de Fulton, (muelle) E. R., hasta la calle de Fulton, dia y noche.

Brooklyn, South Ferry, desde Whitehall, E. R., hásta la calle Atlantic toda la noche.

Brooklyn, desde Whitehall Street, E. R., hasta la Avenida Hamilton, toda la noche.

Brooklyn, desde la calle de Wall, E. R., hasta la calle de Montague de las 5 de la mañana hásta las once de la noche.

Brooklyn, E. D., desde la calle Grand Street, E. R., hasta la calle Grand, toda la noche.

Brooklyn, E. D., desde la calle Houston, E. R., hasta la calle Grand, toda la noche.

Brooklyn, E. D., desde la calle South 7th, toda la noche.

David's Island, Fort Schuyler y Willet's Point, desde el (muelle), Pier 1, E. R., los Mártes y Viernes los botes del Gobierno del los Estados Unidos solamente á las 9 de la mañana.

Fort Lee, (Vease vapores de la costa y de Rio).

Governur's Island, desde el Pier No. 1, E. R., dá viages diaria-

W. T. MERSEREAU & CO.,

FABRICANTES DE

Armazones de Cama y Camitas de Bronce,

PERTIGAS Y GUARNICIONES PARA CORTINAS,

UTENSILIOS y ARTICULOS DE BRONCE DE TAPICEROS,

Juegos de Chimenea, Morillos y Enrejados para poner delante de Chimeneas,

GUARNICIONES DE ESTUFAS,

No. 321 Broadway,

FABRICA EN NEWARK, (N. J.)   NEW YORK.

ARMAZON DE CAMA DE BRONCE, No. 504.

mente á las siete y media de la mañana y despues cada cuatro horas hásta las seis de la tarde.

Greenpoint, desde la calle 10, E. R., á la Avenida de Greenpoint, desde las cuatro y tres cuartos de la mañana hasta la una de la tarde,

Greenpoint, desde el muelle de la calle 23, E. R., hace viajes toda la noche.

Harlem, desde el Pier 22, E. R.

Hart's Island, desde la calle 16, E. R., hasta Hart's Island, á las 11 de la mañana excepto los Domingos, cobran cuarenta centavos por el viage.

Hoboken, desde la calle Barclay, N. R., anda toda lan oche.

Hoboken, desde la calle Christopher. N. R., toda la noche.

Hunter's Point, desde la calle James, E. R., hásta Hunter's Point ; desde las 7 de la mañana hasta las 7 de la noche.

Hunter's Point, desde la calle 34 anda toda la noche.

Jersey City, desde la calle Desbrosses, N. R., hasta la calle Montgomery, toda la noche.

Jersey City, desde la calle Cortland, N. R., hasta la calle Montgomery toda la noche.

Jersey City, desde la calle Liberty, N. R., hasta la estacion del ferro-carril Central de New Jersey en Communipau toda la noche.

Jersey City, desde la calle Chambers, N. R., hasta el Pavonia Ferry, ferro-carril Erie toda la noche.

Jersey City, desde la calle 23, N. R., hasta Pavonia Ferry, estacion del ferro-carril Erie desde las cinco y tres cuarto de la mañana hasta la una y media de la tarde.

Randall's Island, desde la calle 26 E. R., hasta Randall's Island á las 10 de la mañana.

Randall's Island, desde la calle 122, E. R., hasta Randall's Island en botes de remos toda la noche.

Staten Island (New Brighton, Snug Harbor, West Brighton, Port Richmond, Elm Park, desde el pié de Whitehall, desde las seis y veinte de la mañana hasta las nevo y media de la noche cada hora, el último bote á las doce de la noche.

Staten Island, Railroad Ferry del pié de la calle Whitehall, desde las seis de la mañana hasta las diez de la noche y el último bote á las doce de la noche.

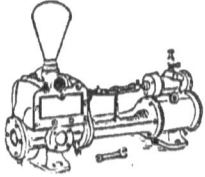

ESTACIONES DE FERRO CARRILES.

Ferro Carril "Nueva York, Harlem y { Gran Central Depot, Calle 42 y la 4ª
        Hartford............... {   Avenida.

    "   "New York Central y { Gran Central Depot, Calle 42 y la 4ª
        Hudson River"......... {   Avenida.

    "   "New York y Harlem".. } Gran Central Depot, Calle 42 y la 4ª
                    }   Avenida.

    "   "New York, Lake Erie y
        Western" (Erie)........Calle Chamber y el Rio Norte.

    "   "Pennsylvania"........Calles Courtlandt y Debrosses, Rio Norte

    "   "Delaware, Lackawanna
        y Western"............Calles Barclay y Christopher,   "

    "   "Long Island".........James Slip, Calles 7 y 34 Este, Rio Este.

    "   "Philadelphia y Reading"
        (Ferro Carril Central de
        N. J...................Calle Liberty, Rio Norte.

    "   "New York, West Shore
        y Buffalo".............Calles Cortlandt y 42 Oeste, Rio Norte.

TARIFA DE COCHES DE ALQUILER

EN

NUEVA YORK.

Por una ó más personas, dos millas ó menos un peso.
De dos hasta tres millas, un peso y medio.
De tres hasta cuatro millas, dos pesos.
De cuatro hasta cinco millas dos pesos y medio.

Más de cinco millas cincuenta (50) centavos por milla, ó parte de una milla á menos que el coche está tomado por hora con el privilegio de ir desde un lugar á otro y detenerse cuantas veses y por tan largo tiempo como sea necesario, el pricio sera un peso por hora por la primera hora y medio peso por cada media hora subsiguiente ó parte de ella.

La tarifa de la "New York Cab Co.," es 25 centavos por milla por una ó dos personas por tres ó cuatro personas se cobra cincuenta centavos por milla. Por la hora, el gasto es un peso por hora, (Estos Coches estan pintados de un color amarillo claro, para que no puedan engañar los "bogus cheap cabs." (Coches baratos sin privilegio.) La persona debe siempre mirar el coche antes de alquilarlo.)

Para ir y atravesar el Parque Central, con el privilegio de detener al coche tres horas, desde cualquier punto al sud de la calle Catorce y volver, seis (6) pesos; de cualquiere punto entre la calle Catorce y la calle Cuarenta y Dos y volver, cinco pesos.

Para alquilar el coche dos horas desde algun punto al norte de la calle Cuarenta y Dos, y al sud de la calle Ciento Treinta, y volver, cuatro pesos.

Alquilando un coche de otra manera no especificada, será considerado

MAQUINAS AGRICOLAS.

Instrumentos de todas clases para la agricultura. Semillas y Abonos.

Ofrecemos á nuestros amigos y á los agricultores en general, nuestras bien conocidas manufacturas que tan buen resultado han dado en todas partes del mundo.

Para México y Cuba fabricamos con especialidad,

ARADOS, CULTIVADORES,

SEMBRADORAS,

TRILLADORAS "EL GRANO,"

TRAPICHES "VICTOR,"

PRENSAS DIFERENCIALES,

VOLTEADORES de BAGAZO, "SIN IGUAL,"

&c., &c.

Solicitamos pedidos por conducto de los comicionistas. Mandarémos catálogos á quien los pida.

LA COMPAÑIA R. H. ALLEN,

Sucesores de R. H. ALLEN y Ca.,

CORREO, P. O. BOX 376.
ALMACENES, 189 y 191 WATER STREET. NUEVA YORK.

alquilado por la milla, y el cochero puede cobrar por cualquiera detension de
más de quince minutos, á razon de un peso por hora.

Una pieza de equipaje puede llevarlo sin gasto alguno el choche.

Aconsejamos á todas personas usando coches que arreglen el precio ade-
lantado en presencia de testigos, porque muy frecuentemente pueden conseguir
terminos ventajosos.

PRINCIPALES HOTELES.

Aberdeen (E.).......................Broadway y Calle 21.
Albemarle (E.)......................   "   "   24.
Ashland (A. E.)...... ....4ª Avenida y Calle 24.
Astor (E.)..........................Broadway No. 221.
Barrett House ....Broadway y Calle 43.
Belvedere (A.)......................4ª Avenida y Calle 18.
Brevoort (E.).......................5ª Avenida No. 11.
Brevoort Place (E.). ....Broadway y Calle 10.
Brighton (A.).......................Broadway y Calle 42.
Bristol (A. E.).....................5ª Avenida y Calle 42.
Bristol ....Calle 15 cerca 5ª Avenida.
Brower (E.).........................Calle 28 Oeste No. 24.
Broadway (E.).......................Broadway No. 821.
Brunswick (E.)......................Calle 26 y 5ª Avenida.
Buckingham (E.).....................Calle 50 y 5ª Avenida.
Central Park (E.)...................7ª Avenida y Calle 59.
Centennial (E.).....................8ª Avenida y Calle 51.
City (E.)...........................Calle Cortlandt No. 71.
Clarence (A. E.)....................Clinton Place No. 12.
Clarendon (A.)......................4ª Avenida y Calle 18.
Coleman (E.)........................Broadway y Calle 27.
Colonade ....Broadway No. 726.
Continental (E.)....................Broadway y Calle 20.
Cosmopolitan (E.)...................Calle Chambers y West Broadway.
Everett's (E.)......................Calle Chatham No. 84.
Earle's (A.)........................Calle Canal y Centre.
Everett (E.)........................Calle Vesey No. 104.
Fifth Avenue (A.)...................5ª Avenida y Calle 23.
Gilsey (E.)...... ....Broadway y Calle 29.
Gl nham (E.)........................5ª Avenida No. 115.
Gramercy Park.......................Parque Gramercy, y Calle 20 Estec.
Grand (E.)..........................Broadway y Calle 31.
Grand View (A. E.)...... ....Broadway y la 8ª Avenida.
Grand Central (A.)..................Broadway No. 671.
Grand Union (E.)....................4ª Avenida y Calle 42.
Grosvenor (A.)......................5ª Avenida No. 37.
Hamilton ....Broadway No. 1144.
Hanover.............................Calle 15 y la 5ª Avenida.
Hoffman (E.)........................Broadway No. 1111.

New York Life Insurance Co.,

(COMPAÑIA DE SEGUROS DE VIDA,)

346 & 348 BROADWAY,

NEW YORK.

Activo en Enero 1° de 1885,   -   -   -   - $59,283,753.57
Sobrante en "   1° "   "   -   -   -   -   -   10,000,000.00
Siniestros pagados en 1884,   -   -   -   -   2,257,157.00

MORRIS FRANKLIN, *Presidente,*

WM. H. BEERS, *Vice-Pres. y Actuario*

DR. H. TUCK, *2ndo. Vice-Presidente.*

A. G. DICKINSON, Director General para el Departamento de Sur y Centro America, México y las Antillas.   Oficina principal, 346 & 348 Broadway, New York.

PEDRO BUSTILLO, Mercaderes 12, Habana, Agente General

LUIS S. DE YONGH, Enramada alta, No. 9, Stgo. de Cuba
Agentes locales en todos los puntos principales de la Ysla de Cuba.

KLINGENFELD & COOPAT, No. 6 Primera de San Francisco, México.   Agentes Generales para la Republica Mexicana.

R. VARELA & CO., Vera Cruz, Agentes financieros en la Costa del Golfo Méxicano.
Banqueros y Agentes locales en todas las Ciudades de la República.

Oficinas en Puerto Rico, Barbados, Curazao, Pará, Pernambuco, Rio de Janeiro, Buenos Ayres, Montevideo, Stgo. de Chile, Lima, Guatemala, &c., &c.

Hotel Branting (A.)........ ....Avenida Madison y Calle 58.
" Brighton (E.)...................Broadway y Calle 42.
" Bristol (A. E.).................5ª Avenida y Calle 42.
"   "   ....Calle 11. cerca 5ª Avenida.
" Brunswick (E.)................5ª Avenida No. 225.
" del Recreo (A. E.)..............Irving Place y Calle 15.
" Devonshire (A.)................Calle 42 cerca la Avenida Madison.
" Española (A. E.)................Calle 14 Oeste No. 116.
" Française (A. E.).. ....University Place No. 19.
" Monico. ....Calle 18 Este No. 7.
" Royal (A. E.).................6ª Avenida y Calle 40.
" Shelburn ....5ª Avenida esquina de Calle 36.
" St. Marc...... ....5ª Avenida No. 432.
" St. Stephen....................Calle 11 Oeste No. 34.
" Vanderbilt (A. E.)...... ....Calle 44 y Avenida Vanderbilt.
Imperial............................Calle 14 Este No. 3.
International (E.)......................Park Row Nos. 17 y 19.
Irving (A. E).........................Calle 12 Este No. 49 y Broadway.
Kitsell House........................5ª Avenida No. 91.
Lenox (A.)...................... .....5ª Avenida No. 72.
Madison Avenue (A.)......... ....Avenida Madison No. 63.
Martinelli's...........................5ª Avenida y Calle 16.
Merchantile (E.)....................Broadway No. 762.
Merchants' (A.)......................Calle Cortlandt No. 39.
Metropolitan (E.)....................Broadway No. 586.
Murray Hill (A. E.)................Park Avenida, y Calle 40 y 41.
Morton (E.)...........................Broadway y Calle 14.
NEW YORK (A.)....................Broadway No. 721.
Occidental (E.)......................Calle Broome y el Bowery.
Park Avenue (A.)....................Calle 32 y la 4ª Avenida.
Parker (E.).........................Broadway y Calle 34.
Prescott (A. E.)......................Broadway y Calle Spring.
Putnam (E.).........................4ª Avenida No. 337.
Revere (E.).........................Broadway No. 606.
Rossmore (A. E.)....................Broadway cerca Calle 42.
Saint André (A. E.)..................Calle 11 Oeste No. 11.
" Charles (E.)...................Broadway No. 648.
" Cloud (E).....................Broadway y Calle 42.
" Denis (E.)................... Broadway y Calle 11.
" James (E.)....................Broadway y Calle 26.
" Julien (E.) ....Washington Place No. 4.
" Omer (E.)....................6ª Avenida y Calle 23.
Sherwood (E.).......................5ª Avenida y Calle 44.
Sinclair (E.) ....Broadway No. 754.
Smith & McNell's (E.)...............Calle Washington No. 197.
Southern (E.).........................Broadway No. 679.
Stevens (E.)....... ....Broadway No. 23.
Sturtevant (A. E.)...................Broadway No. 1186.
Tremont (E.) ....Broadway No. 663.

CRANSTON'S

NEW YORK HOTEL,

721 BROADWAY,

BETWEEN WASHINGTON & WAVERLY PLACE,

N.Y.

ESTILO AMERICANO Y EUROPEO.

Esto favorecido Hotel establecido por muchos años ha sido recientemente puesto en buen órden, y se puede comparar favorablemente en todos respectos con cualquier Hotel de primera clase en los Estados Unidos.

Ocupa una cuadra entera, y una casa grande en la cuadra adjunta unida por un puente.

El hotel está en un puesto saludable y es accesible por Omibus, carritos, y ferro-carril elevado do todas partes de la cuidad. Precios módicos.

The Colonade..........................Broadway No. 726.
The Hamilton ....5ª Avenida esquina Calle 42.
Union Square (E.)... ....Union Square No. 16.
United States (E.)....................Calles Fulton y Water.
Vanderbilt...................... ....Avenida Lexington y Calle 42.
Vendome.................... ....Broadway y Calle 41.
Victoria (A.).... ....5ª Avenida y Calle 27.
Wellington (A. E.)...................Avenida Madison y Calle 42.
WESTMINISTER (A.)...............Irving Place y Calle 16.
Winchester (E.) ....Broadway y Calle 31.
Windsor (A.).........................5ª Avenida y Calle 46.
Worth House............... ....Broadway y Calle 25.

    The Hotels marked thus (E.) are kept on the European Plan.
      "   "   "   " (A.) " " " " American "
      "   "   "   " (A.E.) " " " both plans.
    Los Hoteles marcados (E.) se mantienen sobre el plano Europeo.
      "   "   "   (A.) " " " " " Americano.
      "   "   " (A. E.) " " " los dos modos.

LUGAREO DE ENTRETÉNIMIENTOS.

Academia de Musica.... ....Calle 14 y Irving Place.
Opera Metropolitano ....Broadway entre Calles 39 y 40.
Gran Opera.....................8ª Avenida y Calle 23.
Teatro Wallack............... ....Broadway y Calle 30.
  "   Union Square.................Union Square y Calle 14.
  "   Standard..... ....Broadway y Calle 32.
  "   Madison Square...............Calle 24 cerca Broadway.
  "   New Park.....................Broadway y Calle 35.
  "   Daly........................... " " " 30.
  "   Quinta Avenida..... .... " " " 28.
  "   Star............. .... " " " 13.
Bijou Opera......................... " " " 30.
Casino............................. " " " 30.
Teatro Comedy...... .... " " " 29.
  "   de la calle Caterce............Calle 14 y 6ª Avenida.
  "   Mt. Morris..................Calle 130 y 3ª "
  "   Thalia................ ...Bowery cerca Calle Canal.
Niblo's Garden.....................Broadway cerca Calle Prince.
Teatro Tony Pastor...................Calle 14 cerca 3ª Avenida.
Koster y Bial.......................Calle 23 cerca 6ª "
Teatro Tercea Avenida............ ...
Eden Musee ....Calle 23, entre la 5 y 6ª Avenidas.
Salen Steinway .. ..Calle 14 cerca 4ª Avenida.
  "   Chickering....................Calle 18 y 5ª Avenida.

CONSULS EXTRANGEROS EN LA CUIDAD DE NUEVA YORK.

Republica Argentina..Calle Wall, No. 60.
Austria...Broadway, No. 33.
Belgica...Broadway, No. 329.
Bolivia...Broadway, No. 178.
Brazil..Calle State, No. 24.
Chile...Calle Liberty, No. 61.
China...Clinton Place, No. 95.
Columbia...Calle Pine, No. 57.
Costa Rica...Calle Liberty, No. 61.
Dinamarca..Calle Wall, No. 69.
Ecuador..Broadway, No. 36.
Francia..Bowling Green, No. 4.
Imperio Aleman...Bowling Green, No. 2.
Gran Bretaña................................•.....................Calle State, No. 27.
Grecia...Calle Pearl, No. 115.
Guatemala y Honduras...Calle William, No. 35.
Háyti..Bowling Green, No. 7.
Italia ....Calle State, No. 27.
Japan..Calle Warren, No. 7.
Mexico...Broadway, No. 35.
Paises Bajos...Calle Pine, No. 66½.
Noruega y Suecia...Calle Broad, No. 41.
Perú...Calle Broad, No. 39.
Portugal...Calle Pearl, No. 159.
Rúsia..Calle State, No. 27.
República Dominicana...Broadway, No. 35.
Siam...Calle William, No. 52.
España...Calle Nassau, No. 29.
Suiza..Calle Beaver, No. 69.
Turquia..Calle Front, No. 122.
Uraguay..'.................Calle Wall, No. 60.
Venezuela..Exchange Place, No. 54.
Estos estan sujetos á cambiar.

BROOKLYN.

Brooklyn, es la tercera cuidad de los Estados Unidos en cuanto á poblacion, y se une á Nueva York, por el Puente. Gran parte de su poblacion está colocada ó tienen sus Oficinas de negocios en Nueva York.

Los principales lugares de interes para los vinjeros son, El Navy Yard, Cemeterio de Greenwood, Prospect Park, City Hall, y Court House, á cuyos lugares se puede llegar por carros tirados por caballos desde la termeucion del Puente de Brooklyn ó del muelle de Fulton.

A lo largo del frente del Rio que se estiende al sudeste de Fulton Ferry, existe algunos de los grandes depositos y muelles que rodean á Neuva York, y de ellos depende que Brooklyn le deba en gran parte de su prosperidad.

JERSEY CITY.

Jersey City, está situada en la orilla del Rio Hudson, en la parte de New Jersey del lado opuesta á Neuva York, y es el termino de los ferro carriles Pennsylvania, New York, Lake Erie and Western y otros tantos.

Taylor's Hotel en frente del paradero Pennsylvania es el principal en la cuidad.

Existen grandes manufacturas, entre ellas la de Jabon de los Sres. Colgate y Cia, la fabrica de Tabaco de P. Lorillard y Cia y en Fabrica de Dixon Crisoles.

CONEY ISLAND.

Coney Island se compaende de las playas, Brighton y Manhattan y durante el verano es el lugar más concurrido de todos los puntos de baños cerca de Neuva York. Trenes y vapores van y vienen durante el verano cada media hora.

El "Brighton Beach y Coney Island Jockey Club" rastro de carrera son muy concurridos.

Los principales Hoteles son, Oriental, Manhattan y Brighton Beach.

LONG BRANCH.

Uno de los más prominentes pueblos de baños, está situado en New Jersey sobre la orilla del Atlantico, se halla á 24 millas de Nueva York.

Los principales Hoteles son, West End, Ocean House, Howland's Scarboro, Brighton, Mansion y United States.

SARATOGA SPRINGS.

Saratoga Springs es uná de las principales poblociones de baños de los Estados Unidos, está situada en el Estado de Nueva York y dista sobre 177 millas de New York State line.

Poseé sobre treinta clases de aguas minerales, las más notables son la "Congress" y "Hathorn."

Los principales Hoteles son el United States, Grand Union, Congress Hall, Windsor, Arlington y un gran número de hoteles pequeños, haciendo un total de más de cuarenta.

Durante el verano las corridas de caballos es la principal diversion y asisten á ellas, viajeros de todas partes de los Estados Unidos.

Los baños de Saratoga son tan conocidos á los viajeros de la Isla de Cuba como son á los de Nueva York, siendo la primera cuidad que visitan, y generalmente pasan la estacion del Verano en ella, concluyendo por dar un viaje á las cataratas del Niagra ó Alexandria Bay ántes de regresar á la Isla de Cuba.

NEWPORT.

Newport está situado en la playa Oeste de Rhode Island en la Bahia de Narragansett y se halla á cinco millas del Oceano Atlantico.

Tiene una gran bahia defendida por los Fuertes Adams y Wolcott.

Los principales edificios son, La Aduana, Mercado, Biblioteca, Casino y el gran número de Villas ; y es especialmente famoso por su vista pintoresca y baños de mar ; y es el lugar de temporada de más lujo de la América.

Los principales Hotels son, Ocean House, Aquidneck, Perry y United States.

PHILADELPHIA (Filadelfia).

Philadelphia es la cuidad y puerto principal del Estado de Pennsylvania, y está situada sobre el Rio Delaware y en la boca del Rio Schuylkill.

Tiene gran número de hermoses edificios, entre los cuales estan, La Aduana, United States Mint, Ledger, City Hall, Girard College, y el último y más notable de todos es el "Independence Hall," donde la Declaracion de Independencia fué leida y firmada.

Entre los paseos públicos el más importante y de más atraccion es el Fairmount Park.

El Jardin Zoologico y el edificio del International Centennial Exhibition.

Los principales Hoteles son, Aldine, American, Bellevue, Bingham, Continental, Colonnade, Girard, Guys, Lafayette, St. Charles, St. Cloud, St. Elmo, St. George, Merchants' y Washington.

" ALBANY."

Albany es la Capital del Estado de Nueva York, está situada al Oeste de la playa del Rio Hudson, se halla á 145 millas de la ciudad de Nueva York, siendo una de las más antiguas ciudades de los Estados Unidos.

El nueve Capitolio vale la pena de visitarlo, tambien los Parques y el Acueducto.

Los principales Hoteles son, Kenmore, Delavan y Stanwix Hall.

"TROY."

Troy está situado en el Rio Hudson seis millas al Norte de Albany, y es el centro de grandes Fabricas, principalmente las fundiciones de Maquinas de Agricultura, Cuellos, Puños, etc.

Los principales Hoteles son, el Union, Eagle, Congress Hall, Mansion, American, Troy, Revere y Tremont.

BOSTON.

Boston es la Capital del Estado de Massachusetts, se halla situada al Oeste de la Bahia de Massachusetts, fué fundada en 1830.

Los lugares de interes al viajero son el Acueducto, Casa de Gobierno, Museo, la Libreria Pública, y los tres lugares de gran reputacion son "Bunker Hill Monument," "Dorchester Heights" y "El Commons."

Los principales Hoteles son, "Van Dome," "Brunswick," "Berkley," "Revere," "Parker House," "Clarendon," "United States,' "Tremont," "Adams" y "American."

CHICAGO.

Chicago es la principal ciudad del Estado de Illinois á la orilla Sudoeste del Lago Michigan en la boca del Rio Chicago, fué fundada en 1830, y es una de las ciudades más notables del mundo, siendo el entronque de treinta ferro-carriles y el centro de grandes intereses comerciales.

Las principales industrias de Chicago es la Carne de puerco empaquetada, Crianza de Ganado y el Deposito de Granos que es el más grande del Mundo y el mercado de más importancia para la venta de maderas.

Los principales Hoteles son, "Grand Pacific," "Palmer," "Sherman," "Tremont." "Leland," "Briggs," "Commercial," "Continental" y "Windsor."

ST. LOUIS.

St. Louis es la ciudad principal del Estado de Missouri, está situada en el Rio Mississippi.

Los principales edificios son, la Aduana, Audiencia, Libreria Mercantil y el Correo.

Las principales fabricas son, de Harina, Azúcar, Aceite, etc.

Los principales Hoteles son, " Linnell," " Laclede," "Southern," " Planters," " Barnums " y " St. James."

SAN FRANCISCO.

San Francisco es el puerto principal de la Costa Oriental Norte America.

Poseé una hermosa bahia, las calles son"bien construidas, bellos establecimientos, gas y acuducto de agua y un gran número de elegantes edificios públicos, entre ellos se hallan la Aduana, Casa de Moneda, Hospital de Marina, Teatros y Asilos.

Tiene fabricas de harina, molinos de aserrar, fundiciones y molinos para tegidos de lana.

Los principales hoteles son, "Palace," " Grand," " Lick," "Baldwin," " Occidental," y "Russ."

WASHINGTON.

Washington es la Capital de los Estados˜Unidos, está situada en el Distrito de Columbia en las orillas del Potomac.

La ciudad tiene grandes puntos de interes para el viagero, siendo tanto que nosotros no podemos empezar á enumerar á todos ellos por ser nuestro espacio muy limitado, pero enumeraremos algunos de los principales, como son, el Capitolio, Casa Blanca (White House), residencia del Presidente de los Estados Unidos, Tesoreria, Oficina de Patentes, Instituto Smithsonian, Jardin Zoological, Mueseo Nacional, Galeria de Artes, de Corcoran y el Navy Yard.

Los principales Hoteles son, Arlington, Riggs, Willard's, Imperial, St. James, Ebbitt, Metropolitan y National.

CIUDADES PRINCIPALES Y EL MODO DE TOMAR PASAGE PARA LLEGAR A ELLAS.

ALBANY, NEW YORK.—Ruta No. 1. El New York Central y Hudson River Railroad desde el Grand Central Depot.

Salen sobre 9 trenes diariamente tiempo˙ cinco horas y media. 141 millas la distancia. Pasage $3.10.

ALBANY, NEW YORK.—Ruta No. 2. El New York, West Shore y Buffalo Railroad, de Cortlandt Street, ó Desbrosses Street y al pie dela calle 42 al Oeste.

Salen de esa linea obre 8 trenes diarios tiempo 5 horas, distancias 142 millas. Pasage $3.10.

ALBANY, NEW YORK.—Ruta No. 3. (Cuando el rio de Norte está abierto á la navegacion.)

"The Large Night Boat of the People's Line," sale del pie del muelle de Canal Street y el North River diariamente á las 6 de la tarde arribando en Albany á las 5 de la mañana del dia despues. Pasage $1.50. Por camarotes cobran extraordinario.

ALBANY, NEW YORK.—Ruta No. 4. (Cuando el North River, está abierto para la navegacion.) El Albany Day Line, desde el muelle número 39 (viejo) llega á Albany á las 6 de la tarde. Pasage $2.00.

BOSTON, MASS.—Por el "New York, New Haven y Hartford Railroad," desde la estacion "Grand Central."

Sobre 10 trenes diarios, sobre seis ó siete horas, distancia 233 millas. Pasage $5.

BOSTON, MASS (via Fall River).—Fall River Line boats, en coneccion con el Ferro-carril Old Colony, sale del muelle al pié de la calle de Murray, Rio del Norte, á las 4 y media de la tarde, los pasajeros llegan á Boston á las 6½ de la mañana del proximo dia. Pasage $3.

BUFFALO, NEW YORK.—El Ferro-carril "New York Central y Hudson River," desde la estacion "Grand Central." Salen cinco trenes diarios, tiempo sobre veinte y tres horas, distancia 443 millas. Pasage $9.25.

BUFFALO, NEW YORK.—El Ferro-carril New York, West Shore y Buffalo, del paradero situado al pie de la calle de Cortland y Desbrosses, ó Oeste de la calle 42. Salen sobre 5 trenes diarios, tiempo 23 horas, distancia 427 millas. Precios $9.25.

BUFFALO, NEW YORK.—El Ferro-carril "New York, Lake Erie y Western" (Erie), desde el paradero de la calle Chambers y Oeste de la calle 23rd, sobre 4 trenes diarios, 23 horas de viage y la distancia es 423 millas. Pasage $9.25.

BUFFALO, NEW YORK.—El Ferro-carril Delaware, Lackawanna & Western, del paradero al pié de las calles de Barclay y Christopher, 3 trenes diarios distancia 410 millas, tiempo 17 horas. Pasage $9.25.

CHICAGO, ILL.—Sobre tres trenes salen de cada uno de los tres lineas de los diferentes ferro-carriles. New York Central y Hudson River, New York, Lake Erie y Western (Erie), y el Pennsylvania. La distancia es 901 millas, tiempo sobre 36 horas. Pasage $15.

CLEVELAND, OHIO.—Sobre tres trenes diarios de cada uno de los ferro-carriles, New York Central y Hudson River, New York, Lake Erie y Western (Erie), y Pensilvania. La distancia 1,050 millas. Tiempo 2 dias. Pasage $10.

PHILADELPHIA, PENN.—Se vá por el ferro-carril Pensilvannia y el Philadelphia y Reading (Central de New Jersey Division). Salen gran número de trenes diarios, y lo mismo de Philadel-phia para New York, 91 millas de distancia, se invierte en el viage 2½ hora. Pasage $2.50.

SYRACUSE, NEW YORK.—Se toma el pasage por el ferro-carril New York Central y Hudson River, el New York, West Shore y Buffalo y el Delaware, Lackawana y Western, Hay varios trenes diarios. Distancia 248 millas, tiempo 12 horas. Pasage $6.06.

ST. LOUIS, MO.—El ferro-carril New York Central y Hudson River New York, Lake Erie y Western, Pensilvannia. Distancia 1050 millas. Pasage $20.00.

ST. LOUIS, MO.—West Shore y Buffalo Railroad, salen sobre 3 trenes de cada linea, la distancia es de 573 millas, el tiempo 20 horas. Pasage $20.

TROY, NEW YORK.—El ferro-carril New York Central y Hudson River Sobre 9 trenes diarios, la distancia 147 millas. Pasage $3.15.

TROY, NEW YORK.—El "Citizens Line" de vapores cuando el rio del Norte está abierto para la navegacion, del muelle al pie de la calle de Christopher diariamente á las 6 de la tarde llegando á Troy á las 6 del proximo dia. Pasage $1.50 Camarotes Extraor-dinarios.

NEW ORLEANS, LA.—Por el ferro-carril New York Central y Hudson River, New York, Lake Erie y Western (Erie) y Pensilvannia. Distancia 1,375 millas. Tiempo 2½ dias. Pasage $45.00.

NEW ORLEANS, LA.—Por el Cromwell Line del muelle No. 9 pié de la calle Rector. Vapores todas las semanas. Pasage $35.00.

SAN FRANCISCO, CAL.—Se puede tomar el tren en New York por todos los grandes ferro-carriles y despues se cambia en alguna cuidad del Oeste. Distancia 3,317 millas. Se invierten 7 dias de viage. Pasage $130.

Los precios de pasages están sujetos á cambios, bien de aumento ó disminucion. Para embarcarse para cualquiera poblacion pequeña que no mencionamos aqui solo hay que consultar á los periódicos y á las tarifas de los diferentes ferro-carriles las cuales se obtienen en los paraderos y en los grandes hoteles.

LINEAS DE VAPORES PARA PUERTOS ESTRANGEROS.

Puertos.	Muelles.	Agentes.	Oficinas.
Amsterdam	Sussex St., Jersey City	Funch, Edge & Co.	27 South William St.
Antwerp (Amberes)	Grand St., id	Peter Wright & Sons	55 Broadway.
"	Pie de West 24th St., Rio del Norte	Funch, Edge & Co.	27 South William St.
Aspinwall	" " Canal St., "	Pacific Mail S. S. Co.	En el Muelle.
Barbadas y Bermuda	" " West 10th St., "	A. E. Outerbridge & Co.	51 Broadway.
Belfast	" " Canal St., "	Austin, Baldwin & Co.	55 idem
Bordeaux—Burdeos	Prentice Stores, Brooklyn	Funch, Edge & Co.	27 South William St.
Brazil y Sa Tomas	Roberts' id id	R. Borland	112 Pearl St.
Bremen y Southampton	Pie de 2d St., Hoboken	Oelrichs & Co.	2 Bowling Green.
Bristol	" " Maiden Lane, Rio Este	W. D. Morgan	70 South St.
Copenhague y Cristiana	" " 4th St., Hoboken	Funch, Edge, & Co.	27 South William St.
Curacao, Maracaibo, Venuznela	Muelle 36, Rio Este	Boulton, Bliss, & Dallett	135 Pearl St.
Glasgow	Pie de Canal St., Rio del Norte	Austin, Baldwin & Co.	53 Broadway.
id	" " Dey St., " "	Henderson Bros	7 Bowling Green.
Halifax y St. Johns	Muelle 3, Rio del Norte	Bowring & Archibald	39 Broadway.
Hamburgo	Pie de 1st St., Hoboken	Kunhardt & Co., y C. B. Richards & Co.	61 Broad St.
Habana	Muelle 3, Rio del Norte	F. Alexandre & Sons	31 & 33 Broadway.
id	id 16, Rio Este	Jas. E. Ward & Co	113 Wall St.
Harve	Pie de Morton St., Rio del Norte	L. de Bebian	6 Bowling Green.
Hayti	" " West 25th St., id	Pim, Forward & Co.	21 State St.
id y Turks Islands	" " Catharine St., Rio Este	Wm. P. Clyde & Co.	35 Broadway.
Jamaica	" " West 25th St., Rio del Norte	Pim, Forward & Co.	21 State St.
Liverpool	" " King St., id	Guion & Co	29 Broadway.
id	" " Charlton St., id	Inman S. S. Co.	1 Broadway.
id	" " West 10th St., id	R. J. Cortis.	37 idem
id	" " Houston St., id	F. W. J. Hurst	1 idem
id	" " Clarkson St., Rio del Norte	V. H. Brown & Co.	4 Bowling Green.
London	Pie de Houston St., Rio del Norte	F. W. J. Hurst	1 Broadway.
idem	Pavonia Ferry Jersey City	Patton, Vickers & Co.	35 idem
Puertos Mediterrañes	Wall St. Stores, Brooklyn	Phelps, Bros. & Co.	31 & 33 Broadway.
Mexico {Campeche, Vera Cruz, Progreso Túxpan, Frontera, Tampico.	Muelle 3, Rio del Norte	F. Alexandre & Sons	31 & 33 idem

LINEAS DE VAPORES PARA PUERTOS ESTRANGEROS—CONTÍNUA.

PUERTOS.	MUELLES.	AGENTES.	OFICINAS.
Nassan	Muelle 17, Rio Este.	Jas. E. Ward & Co	113 Wall St.
Puerto Rico	Pie de West 25th St., Rio del Norte	Pim, Forward & Co	21 State St.
Rotterdam	Sussex St., Jersey City.	Funch, Edge & Co	27 South William St.
Santiago, de Cuba y Cienfuegos.	Muelle 17, Rio Este.	Jas. E. Ward & Co	113 Wall St.
Santa Domingo	Pie de Catharine St., Rio Este.	Wm. P. Clyde & Co.	35 Broadway.
E. U. de Colombia	" West 25th St. Rio del Norte	Pim, Forward & Co.	21 State St.

Estas direcciones están sujetas ú cambios.

LINEAS DE VAPORES COSTEROS.

PUERTOS.	MUELLES.	AGENTS.	OFICINAS.
Alexandria, Va.	Pié de Pike St., N. R.	T. W. Wightman.	241 South St.
Baltimore, Md.	" Rector St., N. R.	J. S. Krens.	En la Muelle.
Boston, Mass.	" Carlisle St., N. R.	H. Dimock.	" "
Charleston, S. C.	" Park Place, N. R.	W. H. Rhett.	317 Broadway.
City Point, Va.	" Beach St., N. R.	Old Dominion S. S. Co.	235 West St.
Galveston, Tex. } Key West, Fla. }	" Burling Slip, E. R.	C. H. Mallory & Co.	En la Muelle.
Lewes, Del.	" Beach St., N. R.	Old Dominion S. S. Co.	235 West St.
New Orleans, La.	" North Moore St, N. R.	J. T. Van Sickle.	En la Muelle.
"	" Rector St., N. R.	S. H. Seaman.	" "
Newport News, Va. } Norfolk y Portsmouth, Va. } West Point, Va. Richmond, Va.	" Beach St., N. R.	Old Dominion S. S. Co.	235 West St.
Port Royal, S. C. } Fernandina, Fla. }	" Burling Slip, E. R.	C. H. Mallory & Co.	En la Muelle.
St. Augustine, Fla.	Muelle 17, E. R.	J. E. Ward & Co.	113 Wall St.
San Francisco, Cal.	Pie de Canal St., E. R.	Pacific Mail S. S. Co.	En la Muelle.
Savannah, Ga.	" Spring St., N. R.	W. H. Rhett.	317 Broadway.
Washington, D. C.	" Pike St., E. R.	T. W. Wightman.	241 South St.
Wilmington, Del.	" Wall St., E. R.	A. Abbot.	Pie de Calle Wall.
Wilmington, Md.	Muelle 34, E. R.	W. P. Clyde & Co	35 Broadway.

NOTA: Estas direcciones están sujetas ú cambios.

DIRECTORIO MERCANTIL.

DIRECTORIO MERCANTIL.

CONTINUA.

BROUN & GREEN,

COMMERCIAL and MANUFACTURING

STATIONERS,

40 BEAVER STREET,

NEW YORK, U. S. A.

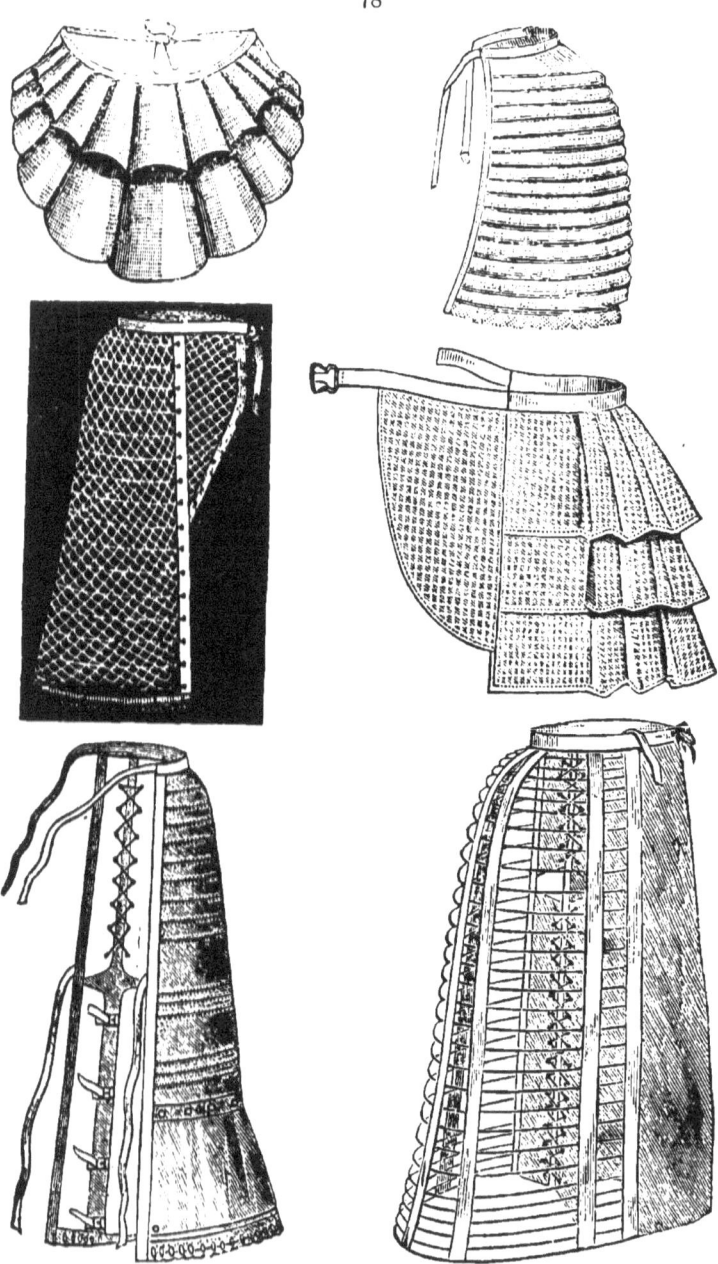

CHAS. C. CARPENTER, 557 & 559 Broadway, New York, U. S. A.

Manufacturer of all kinds HOOP SKIRTS AND BUSTLES.

CATALOGUES AND CUTS SENT ON APPLICATION.

We would call the attention of Merchants, Manufacture
Hotels and business men in general to this "Guide," as a very efficient advertising medium.

The edition of 5,000 copies will be distributed through the Agencies of the New York, Havana and Mexican Mail Steamship Line in New York, Cuba and Mexico, to merchants and travellers.

A second edition will be published later in the year.

We shall be happy to furnish circulars and all desired information upon application.

W. F. SMITH & CO.,

31 & 33 BROADWAY,

NEW YORK

THE

NEW
MEXICAN TARIFF AND CUSTOM HOUSE LAWS,

TO GO INTO EFFECT JULY 1st, 1885.

TRANSLATED BY

RAMON V. WILLIAMS,

Chancellor of the Mexican Consulate General,

35 BROADWAY,

Room 105. }
P. O. Box 3536. }   **NEW YORK.**

PRICE, - - - $2.00.

This work is indispensable to merchants doing business with Mexico, as it contains every information required for the proper entering of goods and vessels at Mexican Ports.

www.ingramcontent.com/pod-product-compliance
Lightning Source LLC
Chambersburg PA
CBHW032356020726
47499CB00008B/2769